한의 스페셜리스트 7

가프 장편소설

초판 1쇄 찍은 날 § 2018년 7월 26일
초판 1쇄 펴낸 날 § 2018년 8월 2일

지은이 § 가프
펴낸이 § 서경석

총괄팀장 § 최하나
편집책임 § 이선근

펴낸곳 § 도서출판 청어람
등록번호 § 제387-1999-000006호
등록일자 § 1999. 5. 31
어람번호 § 제1-2940호

주소 § 경기도 부천시 원미구 부일로 483번길 40 서경B/D 3F (우) 14640
전화 § 032-656-4452 팩스 § 032-656-4453
http://www.chungeoram.com
E-mail § chungeorambook@daum.net

ⓒ 가프, 2018

ISBN 979-11-04-91799-8 04810
ISBN 979-11-04-91658-8 (세트)

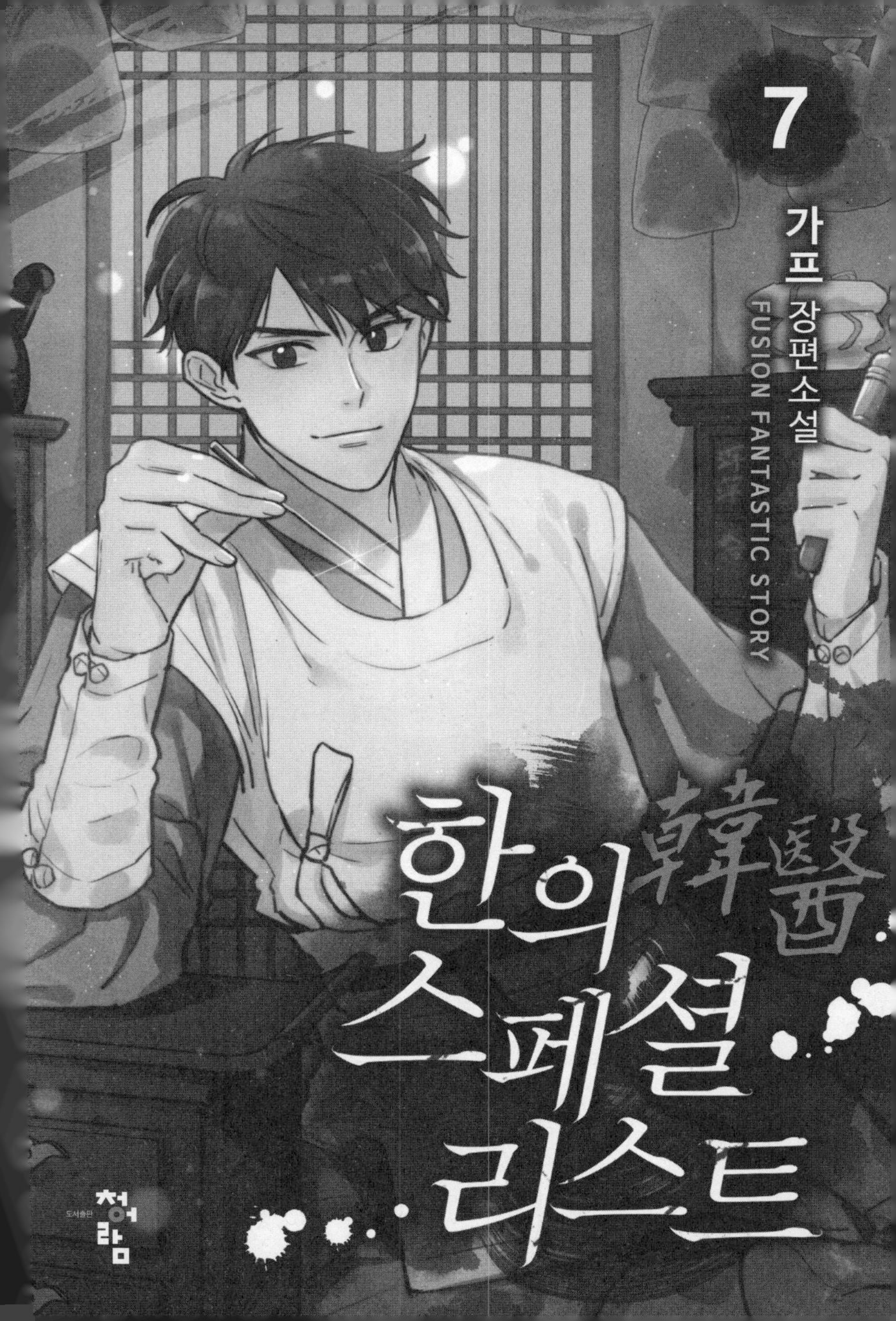
7
가프 장편소설
FUSION FANTASTIC STORY
한의 韓醫
스페셜
리스트
도서출판 청어람

Contents

1. 일침이구(一鍼二求),
침 하나로 둘을 살리다

"차장님!"

중국 공항에 내리자 박 과장 등 국정원 직원 둘이 나와 윤도 일행을 맞았다.

"걱정 많이 했습니다. 별일은 없었습니까?"

"별일이 있었네만 여기 채 선생의 빛나는 의술 덕분에 예정 대로 일정을 마쳤네. 국내는 어떤가?"

김광요가 물었다.

"다행히 NNL에서의 일은 잘 수습이 되었습니다."

"비행기 표는?"

"나오신다는 연락 받고 세 시간 후에 출발하는 편으로 예약해 두었습니다. 대통령께서도 걱정하고 기다리시는 마당이라……."

"NNL은 초긴장 상태였겠지만 우리에게는 오히려 전화위복이 되었네. 월남한 북한 병사들은 어떻게 되었나?"

"그게 좀 좋지 않습니다. 귀순한 병사는 둘인데 둘 다 총상이 심해서……."

"죽었나?"

"최고의 응급의학 전문의를 투입했지만 워낙 총상이 깊은 데다… 집도의가 수술 중에 과로로 쓰러지면서 한 명은 목숨을 잃었고 남은 한 명도 수술이 미뤄져 위독한 상태라고 합니다."

"저런, 그럼 다른 의사를 투입하면 될 거 아닌가?"

"그게… 워낙 총상 같은 중증외상 전문의가 드문 상황이라……."

"말도 아니군. 의사는 수술 중에 과로로 쓰러지고 다른 전문의는 전무한 상황이라니… 그럼 그 의사가 일어나야 수술이 진행된다는 건가?"

"그것도 어려울 것 같습니다."

박 과장이 말꼬리를 내렸다.

"어렵다니?"

"그게… 그 의사가 워낙 중증외상 치료에 과로가 쌓여서 안구에 이상이 온 모양입니다. 한쪽 눈은 이미 황반변성인가 뭔가로 시력을 상실한 마당에 남은 한쪽 눈마저 안압 상승으로 녹내장이 도져 시신경이 다 날아간 모양입니다. 안과 의사들의 진단으로는 두 눈의 시력을 영원히 잃을 수도……."

"그, 그런……."

김광요가 휘청거렸다. 북에서 NNL 사태로 초긴장 상태의 시간을 보낸 김광요. 그런데 한국의 상황이…….

"다른 중증외상 전문의를 물색 중이기는 한데 북한 병사의 상처가 워낙 깊다 보니 다들 난색이라고 들었습니다. 맡아봤자 가능성이 없다 보니 다들……."

"이런, 이런!"

"저……."

듣고 있던 윤도가 말꼬리를 물고 들어왔다.

"중증외상 전문의의 안질환이 황반변성과 녹내장이라고 했습니까?"

"그렇습니다만……."

"차장님."

"말씀하세요."

"저를 그 의사가 입원한 병원으로 좀 보내주십시오."

"채 선생을요?"

"녹내장이나 황반변성이라면 제가 침으로 어떻게 해볼 수 있을 것 같습니다. 그럼 그 의사도 시력을 되찾고 북한 병사도 살릴 수 있을 거 아닙니까?"

"……?"

"저와는 의술의 갈래가 다르지만 중증외상 전문의들이 과중한 격무와 열악한 근무 환경에 시달린다는 말은 많이 들었습니다. 더구나 대한민국 대표 중증외상 전문의라면 시각장애인이 되는 건 막아야 하지 않겠습니까?"

"채 선생."

"시간이 없습니다. 북한의 경우처럼 지체할수록 회복 가능성이 떨어집니다. 어서요!"

윤도가 재촉했다. 그의 표정은 한없이 비장했다. 북에서 죽은 소좌를 살리고 온 윤도였다. 그건 윤도의 의지가 반영되기 어려운 상황이었다. 하지만 이제는 한국이었다. 북한과 다르다. 그렇다면 어떻게든 중증외상 전문의를 돕고 싶었다.

거기에 일침이구(一鍼二求), 침 하나로 둘을 살릴 수 있는 일이니 어찌 의술 하는 사람의 몸으로 두고 볼 것인가?

"이거……."

"차장님, 시간이 없다니까요."

"박 과장, 비행기 편 알아봐. 최대한 빨리."

결국 김광요의 지시가 떨어졌다. 박 과장은 10여 분 만에 비행기 표를 확보했다. 40분 후에 출발하는 비행기였다. 박 과장과 윤도의 두 좌석이었다.

"인천공항에 차량 대기시키도록. 차장보님 특별 지시야."

체크인을 하는 사이에도 박 과장의 전화는 쉴 틈이 없었다.

"다 왔습니다."

저만치 SS병원이 보이자 박 과장이 말했다. 중증외상 전문의가 입원한 병원이었다. 선두 인도 차량이 병원 구내에서 멈췄다. 윤도와 박 과장이 차에서 내렸다. 로비에는 이철중과 강기문 등의 의료진이 나와 있었다.

—중증외과 분야의 대한민국 일인자, 손석구 전문의.

그는 본래 영남권 대학병원에 속했다. 전국에서 밀려드는 중증외상환자와 응급환자를 돌보느라 자기 몸을 관리할 시간이 없었다. 한국은 응급의학이나 중증외과 분야가 취약한 나라. 그렇기에 투자 또한 빈약했으니 중요성을 알리기 위한 강연까지도 그의 몫이었다.

오른쪽 눈의 실명조차 모를 정도로 뛰었다. 그렇다고 대우를 받는 것도 아니었다. 상당수 의사들은 그를 비웃었고, 소속 대학병원의 동료 의사들조차 돈 안 되는 진료과라며 탐탁지 않게 생각하는 판이었다.

NNL의 비보를 들은 당일, 그는 중앙선을 넘어온 차량과 정

면충돌하면서 박살 난 환자를 수술했다. 갈비뼈, 목뼈, 척추 등 진단명만 17개나 나온 환자였다. 신경외과 팀과 더불어 22시간의 대수술에 돌입했다. 수술이 끝나자 맹견에게 물어뜯긴 할머니가 중증외상센터에서 기다리고 있었다. 그 또한 14시간의 마라톤 수술이었다.

겨우 눈을 붙이려는 순간 전화를 받았다. 이틀 밤을 새운 피로는 날아가는 헬기에서 조는 것으로 대신해야 했지만 나쁘지 않았다. 병원이라면 이렇게 쉴 시간도 보장되지 않을 일이었다.

이날, 해상의 날씨가 좋지 않았다. 그렇기에 헬기 출동은 무리였다. 하지만 상황이 급박하다 보니 어쩔 수가 없었다. 그 탓에 헬기가 거꾸로 처박힐 뻔한 위기가 있었다. 기류가 험해지면서 돌연 돌풍의 와중으로 들어간 까닭이다.

"으아악!"

승무원들이 비명을 질렀다. 손석구 역시 공포를 느꼈다. 헬기가 곤두박질치는 순간 손석구는 피가 거꾸로 흐르는 걸 느꼈다. 그게 쥐약이었다. 녹내장이 심한 경우 물구나무를 서는 것만으로도 치명적일 수 있었다. 그렇기에 안구의 압력을 올리는 역기 같은 운동도 금하게 하는 게 녹내장이었다.

결국 도화선이 터졌다. 몇 개 남지 않은 시신경에 불이 꺼진 것이다. 소속 병원에서 북한 병사 응급수술 중 손석구는 돌연 시야가 변하는 걸 느꼈다. 세상이 마치 전원이 나간 텔레비전 화면 같았다.

"안 돼."

수술장에서 그가 외친 한마디였다. 자신의 눈이 문제가 아니었다. 이미 북한 병사 하나를 잃었다. 이제 남은 한 명. 필사의 노력으로 살려야 하는 절체절명의 순간에 꺼져 버린 안구의 빛. 이후 손석구는 SS병원으로 실려 왔다. 이제는 손석구 자신도 응급환자 신세였다.

딸깍!

병실 문이 열렸다. 손석구는 침대에 앉아 있었다. 두 눈에는 붕대를 감았다. 2인실이지만 옆 침대가 비어 1인실이었다. 21살의 외동딸이 침대를 지키고 있었다. 아내마저 유방암으로 잃은 손석구였다.

"손 선생."

이철중이 다가섰다.

"나는 이 병원 진료부원장 이철중이오."

"예……."

손석구가 자세를 고쳐 앉았다.

"혹시 채윤도 한의사를 아시오?"

"모릅니다."

"얼마 전에 우리 병원에서 폐암 환자를 치료한 보도를 봤습니까? 폐부전이라 이식을 해야 하는데 장기를 기다릴 시간이 없었습니다. 그래서 시술을 시도해서 기적적으로 성공한 적이 있습니다."

"……"

"그 얼마 후에 간담췌장의 권위자 강기문 박사가 중요한 수술을 앞두고 있었는데 그만 어깨 탈구가 일어나 난감한 지경에 이르렀습니다. 그때도 이 닥터가 기적의 시술로 어깨를 맞춰주고 수술장에서까지 침술 지원을 펼쳐준 덕분에 수술을 성공적으로 마칠 수 있었지요."

"……"

"그리고 이건… 판타지 소설 같은 이야기지만 풍용푸드 지창용 회장의 일화를 아시오? 속된 말로 다 죽은 시체라서 집에서 죽을 날만 기다리고 있었는데 그 역시 이 닥터가 시술로 일으켜 세워 필생의 꿈이던 풍용의 신사옥 준공식을 지켜보며 임종을 맞았습니다."

"부원장님……."

"다 모르겠지요? 듣자 하니 손 선생은 너무 바빠 뉴스를 들을 시간도 없다고 들었습니다. 하지만 방금 내가 한 말의 포인트는 짚고 계시겠지요?"

"포인트라면… 시술?"

"맞습니다. 시술, 수술이 아니고 시술입니다."

"……?"

"폐부전 환자에게 새 생명을 준 시술, 어깨 탈구를 귀신처럼 맞추는 시술, 천수를 누리고 죽어가는 노인을 일으켜 세우는 시술……."

"……."

"그 기적의 닥터가 손 선생을 도우러 왔습니다."

"……!"

"이분은 우리 같은 양의가 아니라 한의입니다, 한의사."

"한… 의… 사?"

"녹내장과 황반변성… 우리 안과부장 백대승 선생에게 보고를 받았어요. 어떻게든 당신에게 빛을 주고 싶은데 방법이 없다고……."

"그런데……."

"한의사가 뭘 어떻게 하겠느냐고요?"

"너무 제게 신경 쓰지 않아도 됩니다. 어차피… 이제 좀 쉴 수 있어서 오히려 후련합니다."

"아빠……."

손석구의 말에 딸이 무너졌다.

"어차피가 아닙니다. 이 닥터의 침은 다르니까요."

"침이라고요?"

"흔히 회자되던 먼 옛날의 화타와 편작의 재림입니다. 나도 강기문 박사도 실은 믿지 않았지요. 하지만 그 기적의 침술을 보게 되면 누구든 이 닥터에게 매료되지 않을 재간이 없습니다."

"부원장님……."

"손 선생."

"……."

"아무 말 말고 채 선생의 침술을 받으시기 바랍니다. 당신의 어깨에만 그 어려운 중증 응급환자들을 맡겨 마음 아픈 우리입니다. 눈이 보이면 다시 또 응급실로, 수술대로 달려가겠지만 그래도 손 선생은 혼자가 아닙니다. 일부를 제외한 많은 의사들이 동료로서, 선후배로서 당신을 지지하고 있습니다. 여기 당신을 위해 쉴 틈도 없이 날아온 채윤도 한의사도……."

"부원장님."

"그 마음속에 든 건 실명의 걱정이 아니라 수술을 마치지 못한 북한 병사의 수술장이겠죠? 그 친구, 아직 목숨이 붙어 있습니다. 어쩌면 당신이 돌아오길 기다리고 있을지도 몰라요."

"……."

"시작할까요?"

"……."

"손석구 선생."

"그러죠. 한의사가 채윤도 선생이라고요?"

손석구가 고개를 들었다.

"예."

윤도가 대답했다.

"채윤도 선생님."

"네."

"한의학은 잘 모르지만 응급의학은 시간이 생명입니다. 미안하지만 정말로 당신에게 내 시력을 살릴 능력이 있다면 가급적 빨리 부탁합니다."

손석구가 자세를 반듯이 했다. 한 치의 흔들림도 없는 기백과 정신력, 그러면서도 자신보다 수술대의 북한 병사를 생각하는 의사. 과연 중증외과의 전설다운 기개였다.

딸깍!

그 자리에서 윤도의 침통이 열렸다. 안과부장과 스태프가 달려왔지만 설명은 듣지 않았다. 그럴 시간이 없었다. 이 시간에도 쐐기가 박혀 굳어가고 있을 손석구의 시신경, 그리고 목숨 줄이 한 결, 한 결 잘려 나가고 있을 북한 병사. 윤도로서는 단 1분이라도 아껴야 했다. 그렇지 않다면 산해경을 고려했을 일. 하지만 지금은 그 비책 또한 고려의 대상이 아니었다.

—오직 장침.

윤도는 그걸 믿었다.

진맥……

진맥에 집중했다. 병실에 남은 건 이철중과 안과부장이었다. 둘은 창가의 의자에 앉아 숨을 죽였다. 다만 안과부장 백대승은 조금 달랐다.

한의사 채윤도.

소문은 들은 바가 있었다. 폐부전 환자를 살리고 간 이식을 도왔다. 하지만 이 건은 무려 녹내장과 황반변성이었다. 시신경은 일단 죽으면 하느님도 되돌릴 수 없었다. 그게 백대승의 생각이었다. 부원장의 지지로 침을 놓고 있다지만 고작 침?

'허어……'

속으로는 코웃음이 나오고 있었다.

손석구의 경우에는 필요한 모든 장비를 동원해 진단했다. 국가적인 관심 때문이었다. 동시에 SS병원 안과의 위상이 달린 일이었다. ERG로 불리는 망막전위도 검사를 시작으로 망막 맥락막 혈관 검사, 무산동 광각 안저 카메라, 안저 정밀 검사 등을 동원했다.

그렇게 해서 나온 진단은 회복 불능이었다. 오른쪽은 황반변성, 왼쪽은 녹내장이었다. 왼쪽 녹내장은 급성이 아니었지만 과로 때문에 급격히 악화되었다. 안타깝지만 손을 드는 수밖에 없었다.

그런 눈을 한의사가? 그것도 침 하나로?

백대승은 소리 없이 고개를 저었다.

윤도는 오직 집중했다. 맥을 따라 상황을 읽었다. 침을 넣는 건 윤도였다. 첨단 장비의 결과도 물론 중요하지만 윤도 자신의 기준이 더 중요했다.

'황반변성… 청광안… 그리고… 머잖아 망막혈관 폐쇄도……'

윤도가 숨을 몰아쉬었다. 청광안은 녹내장을 가리킨다. 이 둘은 당뇨망막증, 눈중풍과 더불어 주요 실명 요인으로 꼽힌다. 황반변성과 녹내장은 진행형, 망막증은 곧 촉발될 위험인자. 그러니까 손석구의 실명 요인은 무려 세 가지나 되는 셈이다.

황반은 눈의 망막 중심부에 위치한 신경 조직이다. 시세포의 대부분이 이곳에 모여 있다. 물체의 상이 맺히는 곳도 황반의 중심이기에 시력에 미치는 영향이 절대적이었다.

망막혈관 문제도 함께 해결해야 했다. 동맥과 정맥이 막히기 직전. 그대로 두면 황반과 녹내장을 처리한다고 해도 머잖아 다시 실명할 손석구였다.

"부원장님."

거기서 부탁 하나를 했다. 약침에 쓸 약이 필요했다.

'이 사람……'

시선이 손석구에게 닿자 윤도의 등골에 식은땀이 흘러내렸다. 자그마치 의사이다. 그런데도 무식할 정도로 자신의 몸을 돌보지 않았다. 그 숭고함에 섬뜩해진 윤도가 마침내 장침을 뽑아 들었다.

장침이 윤도의 눈앞에서 반짝 빛났다.

이 병의 첫째 원인은 극단의 과로로 보였다. 기가 정체됨으로써 산기(疝氣)가 되었다. 산기는 혈압을 극한으로 밀어 올렸다. 혈압이 오르니 황반변성이 악화되고 녹내장 역시 그 영향권에 들어갔다. 망막혈관이라고 별 재주 없었다. 꼼짝없이 공동 운명체가 되어버린 것이다.

눈은 간에 속한다. 심장과도 연관된다. 간은 비장과 신장의 영향을 받는다. 결국 이 기전은 신장, 비장, 간, 심장으로 연결되는 근본 시침이 필요했다.

'신은 수(水)요, 비는 토(土), 간은 목(木), 심은 화(火)…….'

고리는 이내 파악되었다. 하지만 상황이 문제였다. 시분을 다투는 응급상황에서 오장의 기를 차곡차곡 쌓는 시침은 무리였다. 윤도의 장침에도 응급처방 모드가 필요했다. 응급의학의 권위자 손석구에게 잘 어울리는 시침이었다.

'노수혈, 천료혈…….'

혈압의 요혈이다. 혈압약이 투약되어 있어 당장은 그리 높지 않은 혈압. 하지만 나중을 위해서라도 선행 조치를 했다.

신—비—간—심.

이름에 맞춰 네 개의 장침을 뽑았다. 마음 같아서는 간경과 담경 정도는 더 잡아주고 싶은 윤도. 그러나 역시 시간이 없었다.

신장의 모혈 비수혈.

비장의 모혈 장문혈.

간장의 모혈 기문혈.

심장의 모혈 거궐혈.

네 개의 장침이 각각의 모혈로 들어갔다. 다음으로 간수와 격수 가까운 곳에 삼향자침으로 세 개를 놓았다. 윤도가 특별히 맥 포인트로 잡은 지점이다. 신장과 비장, 간장으로 침향을 보낼 수 있는 요혈의 역할이었다.

그리고 마침내 윤도가 손석구의 눈으로 다가섰다.

오장직자침.

윤도의 머리에 그 단어가 떴다. 직장암을 치료하고 차평재의 췌장암을 잡으면서 노하우가 쌓인 윤도. 마치 바람결로 침을 놓는 듯한 무아와 무심의 경지가 침과 혼연일체를 이루며 눈을 뚫고 들어갔다. 이것은 침이 아니었다. 차가운 쇠의 일부가 아니었다. 마법사의 부드러운 마나와 같았다. 신성마법의 치유력 마나 같은, 윤도 손에 들린 장침은 이 순간 그런 느낌이었다.

"······!"

같은 순간 안과부장이 벌떡 일어섰다. 하지만 그는 아무 소리도 내지 못했다. 부원장이 입을 막은 것이다.

"진정하시게. 나도 처음에는 그랬으니까."

부원장의 속삭임은 천둥 같은 힘이 있었다.

"하지만 부원장님, 지금 침이 들어가는 저 부위는 눈입니다."

"심장이라고 해도 마찬가지야."

"······."

"앉으시게. 우리가 할 일은 그것뿐이야."

절반쯤 일어선 안과부장은 다시 자리에 앉을 수밖에 없었다.

윤도가 요청한 약이 도착했다. 혈전용해제였다. 약침조차 가져올 여유가 없는 윤도. 로마법에 따르듯 현대 의학의 약물을 빌렸다.

눈꺼풀 위에서 파르르 경련하는 장침은 가장 가는 침이었다. 거침없이 들어간 침 끝이 공막에 닿았다. 맥락막을 지나 망막에 도착했다. 침 끝에 혈관이 닿았다. 혈괴로 인해 막힌 지점이다. 맥락막하에 신생혈관이 생길 경우 심각한 시력 장애를 일으킬 수 있었다. 자칫 실명도 우려된다. 색소상피박리, 장액망막박리, 망막하출혈 등 모두 문제가 되는 일이었다.

'바람결로 찌르듯……'

오장직자침법.

이제는 몸으로 익힌 그 비기…….

윤도는 꿈에 본 차상광의 말을 잊지 않았다. 부드럽게 중심을
노려 혈관에 핀 혈괴들을 꿰었다. 다행히 극강의 사기(邪氣)를 뿜
어내던 차평재의 암세포보다는 순했다. 잇달아 침이 들어갔다.
두 개, 세 개…….

'후우……'

조급해지는 마음을 조절했다. 오장직자침법을 익힌 지금,
병소 적중은 암세포보다 쉬웠지만 보사는 그보다 신경이 쓰였
다. 환부가 눈이기 때문이다. 어쩌면 인체에서 가장 섬세한 부
위인 눈.

침 끝에 심혈을 기울여 보사를 맞췄다. 혈괴가 터지는 속도
를 조절하는 것이다. 차근차근 터져 혈관을 따라 흘러갈 수
있도록. 그 찌꺼기들이 주변에 영향을 주지 않도록.

얼마나 지났을까? 마침내 막힌 혈관에 샛길이 났다. 그 샛
길을 따라 혈류가 흐르기 시작했다. 이제는 맥락막하에서 곁
가지를 치다가 터진 혈관을 잡을 차례였다. 역시 침을 넣어
출혈 지점을 눌러 막았다. 이번에는 강력한 침감. 찌르는 침이
아니라 누르는 침이었다. 몇 군데로 같은 침이 들어갔다. 소리
없이 누수되던 핏물이 멈췄다. 그래도 윤도는 침을 잡은 채

움직이지 않았다.

10분, 20분, 30분…….

마침내 터진 혈관들이 완벽하게 지혈되었다. 그제야 안구에서 침을 뽑았다. 실핏줄을 잡는 시간을 파악한 윤도는 나머지 실핏줄도 같은 방식으로 처리해 나갔다. 이때까지도 손석구는 미간 한번 찡그리지 않았다.

마무리는 합곡과 족오리, 족삼리였다. 녹내장으로 맥이 높아진 합곡. 장침이 들어가자 맥이 제자리로 돌아갔다. 마지막 매조지는 삼음교혈이었다. 합곡과 더불어 강한 침감을 주었다. 두 혈자리는 인체에 필요치 않은 잡것들을 없애는 혈자리였으니 안구 속에 남은 찌꺼기를 걷어내기 위한 시침이었다.

"후우!"

침을 놓고 일어선 윤도가 거친 숨을 몰아쉬었다.

"후우, 후우!"

심호흡이 두어 번 더해졌다. 윤도도 긴장하고 있다는 증거였다.

딸깍!

타이머를 세팅시켰다. 그렇다고 쉴 수 있는 건 아니었다. 윤도는 주요 혈자리 체크에 소홀할 수 없었다. 침 하나가 잘못되면 전체를 망치는 것이다.

따르릉!

마침내 세팅한 시간이 흘러갔다. 윤도는 발침조차도 보사에 맞춰 심혈을 기울였다. 나쁜 것은 빼내고 좋은 것은 몸 안에 눌러야 했다.

　"손 선생님."

　그제야 윤도가 손석구를 불렀다. 그는 눈을 감은 채였다.

　"예……."

　"시침 끝났습니다."

　"……?"

　"눈을 뜨셔도 됩니다."

　"눈……."

　"천천히 떠보세요."

　"눈……?"

　손석구가 눈을 떴다. 병실 천장을 보고 있다. 잠시 눈을 깜빡인 그가 허공을 쓰다듬듯 휘저었다. 그러자 안과부장이 자리를 박차고 일어났다.

　"보입니까?"

　그가 달려와 물었다.

　"마치 뭐가 떠다니는 것처럼……."

　"눈앞에 말입니까?"

　"예."

　"맙소사. 그럼 비문증이잖아요? 녹내장 증세의 하나로·안구

유리체 안에 출혈이 있다는 건데… 그걸 볼 수 있다는 건 어쨌든 시력이……."

안과부장은 더 이상 말을 잇지 못했다. 보지 못하던 것을 보게 되었으니 시신경 일부가 살아난 게 틀림없었다.

"채 선생……!"

안과부장의 목소리는 거의 비명에 가까웠다.

"죄송하지만 비문증이 있다면 아직 치료를 더 해야 합니다."

그 한마디로 안과부장의 말을 일축하는 윤도였다. 시신경이 일부 살아난 것만 해도 기적이지만 그것으로 만족할 수 없는 까닭이다. 윤도가 다가서자 안과부장이 자리를 비켜주었다. 아까는 웬 낯설고 어이를 상실한 한의사 같던 윤도, 지금은 거대한 태산이 다가서는 것 같았다.

"앞에 뭐가 떠다니는 것 같다고요?"

윤도가 손석구에게 물었다.

"예, 무지개처럼……."

"잠깐만요."

윤도가 다시 장침을 뽑았다. 이번에도 합곡과 삼음교였다. 아까와 달리 다향자침으로 두 개의 장침을 머리 방향으로 찔렀다. 또 하나의 침은 노수혈로 들어갔다. 무지개는 안압 때문일 수 있으니 잡것들의 청소를 한 번 더 하는 것에 더불어 혈압을 낮춘 것이다.

카메라가 그렇다. 렌즈에 티 하나만 묻어도 신경이 쓰인다. 많은 경우 눈은 카메라의 렌즈에 비교되지만 사실은 카메라 따위에 비견될 부분이 아니었다.

"어떠세요?"

다시 윤도가 물었다.

"무지개가… 사라집니다."

"지금은요?"

좀 더 센 침감을 가하는 윤도.

"……?"

"눈을 깜빡여 보세요."

윤도의 지시에 따라 손석구가 눈을 몇 번 감았다 떴다.

"보이네요. 전등… 그리고……."

손석구가 윤도를 향해 시선을 돌렸다. 떨리는 목소리였다.

"당신이 채 선생?"

"그렇습니다. 안과부장님, 확인을 부탁합니다."

윤도가 비로소 백대승을 호명했다. 백대승은 떨리는 발을 간신히 옮겼다. 안저검사기 옵살모스코프를 꺼내 오른쪽 눈을 살폈다. 백대승이 휘청 흔들렸다. 왼쪽 눈을 살폈다. 순간 그가 안저검사기를 떨구고 말았다. 비문증까지도 설마 했던 백대승. 차마 믿기지 않는 일이 일어난 것이다.

"백 부장."

놀란 부원장이 다가왔다.

"시력이⋯⋯."

백대승은 어깨뼈가 부러질 듯 와들거리며 뒷말을 이었다.

"돌아왔습니다. 그것도 양쪽 다."

"채 선생."

부원장이 윤도를 돌아보았다. 그 목소리에는 감격이 가득차 있었다.

"기회를 주셔서 고맙습니다."

"무슨 말씀. 이건 도리어 우리가 감사해야 할 일이오."

"사람을 살린 일입니다. 너와 내가 따로 없을 일입니다."

"허어, 이거 매번 채 선생에게 배우는구려. 내 이만하면 대한민국 땅에서 괜찮은 의사 소리 좀 듣겠다 싶었는데 죄다 착각이 되었어요."

"저도 그렇습니다. 아직도 믿기지 않지만 굉장합니다. 그 말밖에는 할 말이 없네요."

백대승은 두 손을 들었다. 윤도에 대한 완벽한 인정이었다.

"아빠!"

일단 딸이 먼저 불려 들어왔다.

"어이쿠, 우리 딸, 나 때문에 많이 울었나 보네? 얼굴이 말이 아니야."

"내 얼굴 보여요?"

"그럼. 코에 난 뾰루지까지 다 보인다. 그거 좀 아프겠는데?"

"아빠는… 몰라. 내가 얼마나 걱정한 줄 알아?"

딸이 손석구의 품에 안겼다.

"울 힘 있으면 저 선생님에게 인사나 챙겨라. 이 아빠에게 시력을 돌려주신 분이다."

손석구가 윤도를 가리켰다.

"선생님, 고맙습니다. 정말 고맙습니다."

딸은 윤도에게 몇 번이나 허리를 숙였다.

"자, 이제 인사 끝났으면 아빠 옷 좀 가져올래?"

"왜? 퇴원해도 돼?"

"퇴원복 말고 아빠가 입고 온 옷이 있을 거야."

"수술복?"

"그래."

"아빠……."

"지금 수술대 위에서 나를 기다리고 있는 사람이 있거든. 아마 굉장히 힘들 거야. 아빠가 도와줘야 해."

"아빠……."

"너 내 딸 맞지? 이 손석구 딸. 그러니까 아빠 수술복……."

손석구는 한 치의 흔들림도 없었다. 결국 딸이 수술복을 가져오게 되었다. 그 옷을 입혀주는 딸이 소리 없이 눈물을 흘리며 울었다. 자신도 환자와 다름없는 손석구. 그는 늘 그랬다. 그래서 한때는 원망도 많았다. 하지만 딸은 알고 있었다.

손석구.

대한민국 국가대표 중증외상 전문의.

그 이름이 얼마나 숭고하고 거룩한 것인지.

"채윤도 선생님."

딸의 도움으로 수술복 차림이 된 손석구가 윤도를 바라보았다.

"예?"

"아까 부원장님께서 이런 말씀을 하시더군요. 강기문 박사님이 중요한 수술을 하는데 채 선생님이 옆에서 도와주셨다고……."

"그렇습니다만."

"주제넘지만 저도 그 요청을 드려도 될까요?"

"예?"

"제 수술장에 함께해 주시면 고맙겠습니다. 혹시라도 또 눈에서 불이 나간다면 환자에게도 면목이 없는 일이거든요."

손석구가 웃었다.

"그렇게 하죠. 사실 지금의 침술은 응급조치에 불과하거든요."

"고맙습니다."

손석구가 윤도와 눈을 맞췄다. 그의 눈에는 벌써 수술장이 아른거렸다.

"와아아!"

병원 복도, 간호사와 의사들이 늘어서 환호했다. 병실 문이 열리면서 손석구가 나왔다. 국군병원에서 실려 왔을 때의 수술 복장 그대로였다. 그 옆에는 윤도가 있었다.

짝짝짝!

손석구는 SS병원 의료진의 열렬한 응원을 받으며 육군 헬기에 올랐다.

투타타타!

헬기가 이륙하자 손석구가 윤도의 손을 잡았다.

"채 선생님."

그는 한없이 깍듯했다.

"예."

"잘 부탁합니다."

그의 눈에는 이제 지향이 있었다. 숭고함과 비장함도 가득했다.

"와아아!"

의료진이 날아가는 헬기를 향해 응원을 아끼지 않았다.

"부원장님."

잠시 후에 강기문이 헬기장으로 달려왔다. 다른 수술이 있는 까닭에 늦은 그였다.

"갔군요?"

강기문이 하늘을 보며 물었다.

"그래요. 채윤도 선생, 여기서 기적을 일으키고 또 한 번의 기적을 일으키러 떠났습니다."

"손석구 선생의 두 눈 시력이 돌아왔다고요?"

강기문이 백대승을 바라보았다.

"믿기지 않지만 그렇습니다. 하도 황당해서 가는 도중에 시력이 꺼지지 않기만을 바랄 뿐입니다."

안과부장은 멀어지는 헬기에서 눈을 떼지 못했다.

2. SSS급 두 명의

펑펑!

영남권의 청송대학병원 앞은 기자들로 아수라장이 되어 있었다. 그들은 헬기가 내려서기 전 카메라부터 들이댔다. 지옥에서 돌아온 중증외상 전문의 손석기. 그들에게는 그보다 좋은 뉴스감이 많지 않았다. 그렇기에 군 관계자와 병원 관계자들이 막아서도 소용이 없었다.

"손석구가 내린다!"

헬기가 멈추자 기자 하나가 외쳤다.

손석구가 내렸다.

윤도도 내렸다.

초록의 수술복과 흰 한의사 가운의 매칭. 기레기들의 눈에는 현상만 보였지만 맥락을 보는 기자가 있었다. 바로 TBS 소속의 성수혁 차장이었다. 그는 윤도의 한의원을 취재한 경험이 있었다. 그때부터 관심이 깊었다. 그렇기에 따로 짚이는 게 있었다.

"채윤도 선생님!"

다들 손석기를 불렀지만 그만은 윤도를 불렀다. 윤도가 돌아보았다. 하지만 윤도가 아는 체할 타이밍이 아니었다. 윤도는 눈인사만 날리고 손석기와 행보를 같이했다. 지금은 이 걸음 하나조차도 수술의 일환이라 할 수 있었다.

수술실 앞, 기자들은 거기서 막히고 말았다.

'뭐지?'

수술실 문이 닫히자 성수혁은 생각에 잠겼다.

신침 채윤도 한의사.

성수혁은 그의 능력을 잘 알고 있었다. 그런 까닭에 윤도가 수술에 참가할 수도 있었다. 하지만 북한 병사는 총상을 입은 상황. 더구나 첫 수술이 아니라 중단되었던 수술의 재개였다.

윤도의 침술이 신묘하다지만 매칭이 되지 않았다. 재빨리 윤도의 파일을 떠올렸다. 손석구와 매칭이 될 수 있는 침술은 무엇일까?

'맙소사!'

생각을 더듬던 그는 소스라치고 말았다. 손석구는 녹내장이었다. 황반변성이었다. 그런 까닭에 북한 병사의 수술 중에 국내 최고의 SS병원으로 실려 갔다. 하지만 가망이 없다는 진단이 나왔다. 그건 이미 공개된 사실이었다. 그런 그가 두 눈 멀쩡히 뜨고 돌아왔다. 그만한 신의(神醫)라면 채윤도가 유일했다. 지금 옆에 있는 것만으로도 가능성이 높았다.

'그렇다면 채윤도는 북한 병사의 수술 참가가 아니라 손석구의 눈을 지키기 위해?'

이미 모처의 정보로 인해 강기문 박사의 북한 고위층 에피소드를 루머로 들은 성수혁, 그의 머리에 그림이 그려지기 시작했다.

—대한민국 최고의 중증외상 전문의 손석구와 대한민국 최고의 명침 한의사 채윤도

지구 최강의 조합으로 이루어진 의료진. 그렇다면 의심의 여지가 없었다.

완전히 끝난 것으로 알고 있던 북한 병사의 목숨. 그러나 일대 반전이 일어났다.

'이 수술……'

성공한다.

성수혁이 중얼거렸다. 그 소리를 따라 발생된 전율이 인체

의 말단까지 구석구석 퍼져 나갔다.

짝짝짝!

손석구는 어시스턴트들의 박수를 받으며 수술장으로 들어섰다.

"여긴 채윤도 선생. 날 도와주실 분이니까 개의치 말고 시작하자고."

수술장에 들어선 손석구는 야전사령관다웠다. 단 1초의 허비도 없었다. 수술대 앞에서 윤도를 한번 돌아보고는 바로 수술에 돌입했다.

북한 병사의 몸은 참혹했다. 총상은 윤도로서도 처음이었다. 오래전 캄보디아 여행 중에 참혹한 교통사고를 보기는 했다. 트럭에 압사된 사체였는데 여자였다. 묘사하기도 징그러울 정도로 인간의 존엄을 훼손당한 사체. 그럼에도 얼굴만은 깨끗해 위안이 된 윤도였다.

그런데 오늘 보는 부상자의 참혹도는 레벨이 달랐다. 게다가 총상 역시 한 군데가 아니었다. 몸에 박힌 총알은 최소한 다섯 발 이상이었다. 급한 대로 총알은 회수하고 응급처치 정도는 되었다지만 다시 재수술에 돌입해야 하는 손석구였다. 그건 이 수술이 최초 수술보다 더 어렵다는 의미였다.

어시스턴트들은 한결같이 비장해 보였다. 각 진료 과에서 지원 참가한 컨설트들도 다르지 않았다.

"디아프라그마틱 럽쳐!"

"레프트 헤모또락스!"

"헤모페리토니움!"

"어퍼 GI 블리딩!"

"PA 로바 브랜치 프록시말 손상!"

어시스턴트들의 상황 보고가 이어졌다. 디아프라그마틱 럽쳐는 횡경막 파열, 레프트 헤모또락스는 왼쪽 허파와 가슴벽 사이에 피가 고인 현상이다. 헤모페리토니움은 복강 내에 피가 찬 상황이고, 어퍼 GI 블리딩은 상부 위장관 출혈 현상. 보고는 쉴 새 없이 이어지고 있었다. 총알만 제거하고 봉합해 둔 몸이라 피격 전후가 크게 다르지 않았다.

손석구의 손이 움직이기 시작했다.

"액티브 블리딩 체크, 블더드 로스 체크!"

손석구가 메스를 들었다.

"메센테릭 인져리, 이리게이션 실시!"

그의 지시도 쉴 새 없이 이어졌다.

"메젠바움!"

수술 가위를 원하자 간호사가 곧바로 손에 쥐어주었다. 수술장은 이내 경건함과 비장함으로 가득 차버렸다. 수혈용 혈액인 팩 셀이 한 바구니나 동원되고 진정제인 발륨의 투여량도 자꾸 늘어갔다. 북한 병사는 반 혼수인 세미 코마에 들어가 있었다.

사실 윤도의 눈에는 수술장 전체가 하나의 반 혼수상태 같았다. 이들은 단체로 하나의 꿈을 꾸고 있었다. 북한 병사의 회생이라는 단 하나의 꿈. 그 꿈을 위해 십여 명의 스태프가 하나의 동작으로 움직이는 장면은 가히 압도적이었다.

한의학이 가장 아쉬워하는 외과.

그중에서도 꽃 중의 꽃으로 꼽히는 중증외상.

사실 한의학에도 외과학은 존재했다. 저 먼 옛날부터 꽃을 피우고 있었다. 화타가 관우의 외상을 치료하고 조조의 머리를 열려고 한 것에서 잘 드러나고 있다.

그에 못지않은 외과 전문 한의사로 '유부'가 있었다. 그는 환자를 치료할 때 탕액 등의 약보다 옷을 벗기고 진찰하는 방법을 사용했다. 오장에 있는 수혈의 형태에 따라 피부를 가르고 살을 열어 막힌 맥과 기를 통하게 만들었다. 그야말로 신기의 '외과학'이었다.

힘줄이 끊어졌으면 이어주고 고황과 횡격막이 뒤틀리면 바로잡아 주었다. 장과 위가 병들었을 경우에는 깨끗이 씻어 정기를 바르게 해주었다.

약도, 침도, 뜸도 사용하지 않았다. 오직 환부를 열어 간이면 간, 신이면 신, 심지어는 뇌까지 씻거나 환부, 병소를 잘라

내고 제자리에 봉합했다. 현대 의학과 같은 맥락이다. 암이나 악성 종양이 보이면 그 부위를 열어 잘라내고 회복시키는 수술. 고대 중국에서 이미 이룬 경지였다.

하지만 그 신기는 전수되지 않았다.

왜 그랬을까?

그는 하늘이 내린 명의였기에 후세의 한의사들이 실력이 달려 전수받을 수가 없었을 걸까? 안타깝게도 그 이유는 전설의 명의 편작 때문인 것으로 추측되었다.

중국 의학의 본류는 편작으로 꼽힌다. 편작과 그 계통의 한의사들이 펼친 의술과 질병에 대한 이론을 망라한 것이 한나라 때 나온 '황제내경'이다. 이 책은 오늘날까지 면면히 전해져 한의학의 바이블로 꼽히고 있었다. 바꿔 말하자면 유부의 외과술은 한의학의 주류가 되지 못한 셈이다. 만약 그가 주류로 꼽혀 외과술을 중점으로 한 바이블이 편찬되어 전하게 되었다면 한의학은 인류의 의술로서 만세를 누릴 수 있었을지도 모른다.

5시간…….

수술대는 여전히 전투 중이었다. 그것도 소강상태가 아니라 치열한 전면전이었다. 중간중간 각 과의 컨설트들이 교체되지만 손석구만은 요지부동이었다. 그는 화장실도 가지 않았다.

11시간······.

전투 상황은 변함이 없었다. 고작 2미터도 안 되는 인체지만 목숨이라는 게 그랬다. 큰 부상을 잡으면 작은 부상까지 잡아야 했고, 그것들의 유기적인 작동까지 확인해야 했다.

그건 한의학이라고 다를 리 없었다. 오장육부를 고쳐도 기혈의 정체는 있을 수 있었다. 때로는 어느 말단에선가 이유도 없는 장애가 나타난다. 작용과 반작용에 표리 관계까지 고려해야 하는 것. 그게 바로 한의사와 의사들이었다.

12시간 경과······.

그제야 손석구가 윤도를 돌아보았다. 이제 마무리가 되는 것인가 싶었지만 그게 아니었다. 무리한 수술 진행으로 인한 비문증의 재발이었다.

윤도가 맥을 잡았다. 맥이 엉망이었다. 12시간 마라톤 수술로 거의 다운 직전의 피로감. 그럼에도 그는 내색하지 않았다. 마취 대기실로 옮겨 장침을 넣었다. 막아놓은 정맥 한 줄기가 터진 상황이었다.

"최대한 빨리 부탁합니다. 환자의 메센테릭 인져리가 심각해서요."

메센테릭 인져리는 장간막 손상이라는 뜻. 손석구는 그 자신이 환자가 되어서도 수술대 걱정뿐이었다.

"애써보죠."

당신처럼.

뒷말은 그냥 목 안으로 넣었다. 당신에게는 안정이 필요하다는 말은 지금 이 순간 사치일 뿐이었다.

지혈.

그게 포인트였다. 지혈 시간은 사람에 따라 다르다. 혈소판이 부족하거나 혈우병 등이 있으면 길어진다. 당뇨병의 경우에도 마찬가지다. 고혈압 약을 복용하는 경우에도 함께 처방되는 약들 때문에 그런 경우가 많을 수 있었다. 게다가 섣부른 지혈은 다시 출혈로 이어진다. 그렇기에 바쁠수록 더 치밀하게 마무리해야 했다.

"됐습니다."

원래의 계산보다 조금 늦추고 나서야 윤도가 장침을 뽑았다. 이 역시 오장직자침이었지만 이제는 큰 부담이 아니었다.

"잘 보이는군요. 고맙습니다."

손석구는 바로 침대에서 내려섰다.

"헤모페리토니움은 끝났나?"

그는 다시 수술장으로 들어섰다. 언제 그랬냐는 듯 집도에 나서는 손석구였다.

19시간 경과…….

딸깍!

손석구는 손에 든 기구를 트레이 위에 놓았다. 수술은 그제야 끝이 났다. 그제야 수술장에 숨소리가 돌기 시작했다. 칼날 같던 긴장이 사라진 것이다. 라텍스 장갑을 벗은 손석구가 윤도를 돌아보며 동그라미를 그려 보였다. 성공이라는 신호였다.

"채 선생님!"

그가 윤도에게 다가왔다.

"수고 많으셨습니다."

윤도가 할 말은 그것뿐이었다.

"아뇨. 오늘 수술의 주인공은 채 선생님입니다."

"제가 무슨……."

"여러분!"

손석구가 어시스턴트들을 돌아보며 말을 이었다.

"아까는 바빠서 말할 시간이 없었는데 이분이 바로 전기 나간 내 눈에 등불을 넣어준 채윤도 선생님입니다. 이분 아니었으면 여러분과도 영영 이별일 뻔했어요."

짝짝!

어시스턴트들이 박수를 보내왔다.

"기왕 치는 박수인데 환자에게도 한번 보냅시다. 우리보다 더 힘들었을 테니까."

손석구가 북한 병사를 향해 박수를 쳤다. 그는 과연 중증 외상의 거목다웠다. 그 박수에는 윤도도 기꺼이 동참했다.

북한 병사 몸통에 흰 시트가 덮여졌다. 엉망이던 몸이 봉합되고 흰 시트를 덮으니 비로소 사람처럼 보였다. 그는 이제 완전한 인격체였다.

"가시죠. 이 앞에 맛이 기똥찬 육개장집이 있습니다. 좋아하시죠?"

손석구가 윤도를 끌었다.

"뭔가 먹기는 먹어야겠네요. 갑자기 시장기가……."

"어이쿠, 이제 보니 선생님도 줄곧 수술장에 있었군요? 나가서 식사라도 하고 오실걸."

"한 일도 없는 주제에 먹거리나 챙길 수는… 그리고 사실 수술이 끝나기 전까지는 배고픈 줄도 몰랐습니다."

"한 게 없다니요? 오늘 수술 성공은 다 선생님의 공이라니까요."

"아휴, 그런 말 마십시오. 수술 광경 보니까 천지창조가 따로 없더군요."

"하핫, 우리가 좀 노가다이긴 하죠? 하지만 안 보이는 눈을 고치는 채 선생님만 한 천지창조가 있으려고요."

"별말씀을……."

"손 과장님, 원장님이 회견장으로 내려오시라는데요?"

간호사 하나가 다가와 소식을 전했다.

"그걸 또 한다고?"

손석구가 눈살을 찌푸렸다.

"예······."

"나 참, 그까짓 기자회견이 무슨 소용이 있다고 번거롭게······."

"외신 기자들까지 와 있다고······."

"가보시죠. 저는 좀 씻고 있겠습니다."

윤도가 손석구를 재촉했다.

"그러세요. 금방 끝내고 오겠습니다."

손석구가 그대로 돌아섰다.

윤도는 화장실에서 손을 씻었다. 병원에서는 손 씻는 게 가장 중요했다. 특히 의사나 간호사가 그랬다. 거의 정신이 들자 핸드폰을 보았다. 정나현과 진경태에게 온 부재중 전화와 문자가 십여 통이었다. 수술장 안에서 무음으로 해놓고 여태 지나친 것이다.

핸드폰의 날짜는 그새 하루가 지나 있었다. 그러니까 월요일 하고도 오전 9시 직전. 말하자면 한의원의 오전 예약 진료가 전부 펑크가 날 상황이었다.

"정 실장님, 미안합니다. 제가 중요한 수술에 참가하느라고······."

통화를 하는 중에 수술에 참가한 어시스턴트 둘이 윤도에게 달려왔다.

"선생님, 죄송하지만 잠깐 시간 좀 내주셔야겠습니다."

"저요?"

"네."

두 어시스턴트가 복도 끝의 방문을 열었다. 그러자 단상의 손석구의 외침이 윤도의 귀에 빨려들었다.

"여러분이 궁금해한 제 실명에 광명을 찾아주신 채윤도 한 의사입니다! 그러니까 오늘 북한 병사의 생명을 구한 건 제가 아니라 채윤도 선생님입니다! 이분이 아니었다면 수술은커녕 제 몸 간수하기도 바빴을 테니까요!"

손석구의 발언은 정중하고도 명쾌했다.

짝짝짝!

내외신 기자들과 관계자들의 박수도 한없이 정중했다. 별 수 없이 윤도는 단상으로 올라 기자회견에 동참했다.

펑펑펑!

카메라는 미친 듯이 돌아갔다. 방송도 실시간으로 나갔다.

[한방과 양방 협진의 쾌거, 북한 병사의 목숨을 살리는 기 적을 낳다.]

[기적의 침술, 기적의 메스.]

"그럼 우리는 배가 고파서 이만……."

손석구는 너무나 인간적인 멘트로 회견을 마감했다. 무려 20

여 시간에 가까운 마라톤 수술이었다. 그걸 알고도 기자들의 아우성은 멈추지 않았다. 그렇다고 모두가 기레기는 아니었다. 거기 성수혁 기자가 있었다. 그가 앞장서 기자들을 막았다.

"우리의 두 영웅 명의께서 배가 고프다지 않습니까? 길 막지 말고 식사 잘하라고 박수라도 쳐줍시다!"

성수혁이 소리치고서야 기자들이 뻘쭘해져 물러났다.

꼬르륵!

회견장을 나오자 손석구의 배에서 비둘기가 울음소리를 냈다. 한두 마리가 아니었다.

쪼르륵!

윤도의 배 비둘기들도 합창에 동참했다. 명의도 먹어야 사는 것이다.

"가시죠."

손석구가 복도를 가리켰다. 복도 끝에 어시스턴트들이 기다리고 있었다.

식사는 대충 해치웠다. 윤도만 그랬다. 손석구 팀은 차분하게 식사를 했다. 이유가 있었다.

"체력이 국력이라지만 우리에게는 체력이 의력(醫力)이죠. 먹어야 할 때 먹어두지 않으면 수술을 제대로 할 수 없습니다."

손석구가 국물을 들이켜며 담담하게 말했다. 그의 진심이 피부에 와닿았다.

언젠가 본 방송이 스쳐 갔다. 수술실 안에서 피자를 시켜 먹었다고 국민적 비난이 되었던 장면. 하지만 손석구 팀처럼 시간을 다투는 경우라면 이들의 건강을 보호하기 위해 수술실 안에서라도 강제 간식 타임을 만들어야 할 것 같았다.

의사……

세상에는 보통 두 가지 의사가 있다고 말한다.

─의술을 목적으로 하는 사람.

─돈을 목적으로 하는 사람.

히틀러는 '생각 없는 국민은 국가의 자산이다'라는 말로 유명하다. 후자의 경우라면 환자는 의사의 자산이다. 돈으로 보이는 것이다. 하지만 전자의 경우에 있어 환자는 의사의 존재 목적이다. 존재 목적이 없는 인간은, 그러니까 인간 세상에 이롭지 못한 직업은 제아무리 큰돈을 번다고 해도 소용이 없을 일이었다.

"응급환자가 들어왔다는데요?"

식사가 끝날 무렵 레지던트가 전화를 받았다. 누구도 놀라지 않았다. 그들에게는 그저 일상이었다.

"무슨 환자라나?"

"교통사고 환자인데 멀티플 립프랙처랍니다."

멀티플 립프랙처, 다발성 늑골 골절이다. 한마디로 갈비뼈가 왕창 나갔다는 얘기였다.

"곧 간다고 해."

손석구가 젓가락을 놓았다.

"미안하지만 제게 시간을 좀 주셔야 합니다."

윤도가 제동을 걸었다.

"지금요?"

"아니면 언제일까요? 저는 곧 제 한의원으로 가야 하고 선생님은 늘 바쁩니다. 그러니 응급조치에 이은 나머지 침술을 받아야 합니다. 아니면……."

뒷말은 하지 않았다. 이미 지금까지의 침술이 응급조치에 불과하다고 말한 윤도. 의사인 손석구가 그 말뜻을 모를 리 없었다.

다시 두 눈의 스위치가 꺼지는 것이다.

"별수 없군요. 그나마 멀티플 립프랙처라면 우리 스태프만으로도 감당할 만하니……."

"그럼 가시죠."

"장 선생, 미안하지만 좀 부탁해. 급하면 호출하고."

손석구가 의사들을 향해 말했다.

"걱정 마시고 완쾌해서 오십시오. 저희에게는 그게 더 중요합니다."

스태프들은 흔쾌히 책임 분담을 수용했다.

병원의 빈 특실 한 자리를 빌려 시침에 들어갔다.

"누우시죠."

"어이쿠, 덕분에 또 편안하게 쉬게 되는군요."

손석구가 너스레를 떨었다. 그는 도무지 미운 구석이 없는 사람이었다.

이제는 근본 시침이었다. 손석구의 기혈은 신장부터 바닥이었다. 그다음은 비장, 간, 심장 순으로 기를 채워야 할 판.

수(水)→토(土)→목(木)→화(火)로 가는 수순이었다. 여기에 응급조치에서 생략한 담경을 더하면 당분간은 버틸 것으로 보였다. 그런 다음에 탕제를 상당 기간 복용하면 안정화될 시력이었다. 윤도의 역할은 거기까지였다. 그 이후로 또다시 계속 무리한다면 눈은 또 위험 신호를 보낼 것이다. 그건 윤도의 영역이 아니었다.

하나, 둘……

장침이 들어가기 시작했다. 도움을 위해 배석한 여자 인턴의 벌어진 입이 다물어질 줄 몰랐다. 때로는 다향투자침이 되고 또 때로는 일침다혈이 되었다. 마지막 장침이 들어갔을 때 윤도의 몸은 샤워장에서 갓 나온 사람과 다르지 않았다.

"민 선생!"

보다 못한 손석구가 인턴을 불렀다.

"네."

"우리 채 선생 수건 좀 챙겨 드려."

"네."

인턴이 수건을 가져왔다. 한 장으로 모자라 두 장을 써야
했다.

보였다.

손석구의 몸에 휘도는 기혈의 조화. 물은 힘찬 계곡물처럼
흙을 향해 스며들었고, 나무는 그 뿌리로 목을 축였다. 나무
가 성성해지자 불씨가 되었다. 심장은 그 불기운을 받아 힘차
게 돌아갔다.

쿵쾅쿵쾅!

안정된 심박 소리라 듣기 좋았다.

"눈이 더 선명해지는 것 같은데요?"

손석구가 말했다.

"기의 배터리가 차오르는 모양입니다."

윤도가 웃었다.

"참 신기하지 말입니다."

"뭐가요?"

"세상과 의학 말입니다. 다 아는 것 같으면 또 모르는 것투성
이고, 그걸 배우고 나면 또 다른 게 터지고… 솔직히 침 하나에
이런 능력이 있는 줄 몰랐습니다. 우리 병원… 그리고 SS병원의
최고 전문의들도 손든 눈인데……."

"그 눈의 임자는 하늘입니다. 인간이 결정할 문제가 아니지

요. 저는 그렇게 생각합니다."

"그것도 공감 가는 말이군요. 어쩌면 죽을 것 같은 환자 같은데도 버티고 회복되는 사람이 있거든요."

"그런 사람들 많이 살려주세요."

"아, 침 다 맞으면 탕제를 먹어야 한다고요?"

"그래야 합니다."

"그럼 치료비와 탕약값은?"

"서울 가면 제가 약 보내는 편에 청구하도록 하겠습니다."

"바로 보내주세요. 억만금이라도 치르겠습니다."

"예."

"채 선생님……."

"예?"

"죄송한 말씀이지만 의사의 호기심인데… 선생님의 장침은 대체 어디까지 가능한 겁니까? 침이 제 안구에도 들어오는 것 같던데."

"선생님 생각은 어떻습니까?"

"눈처럼 정밀하고 미세한 조직을 드나든다면 기타 장기도?"

"믿어만 주신다면 인체 어디든 가능합니다."

"진단과를 가리지 않고 말입니까?"

"현대 의학과 달리 한의학은 분야를 가리지 않는 진료가 많습니다."

"가능하다는 말씀이군요?"

"……."

"나이도 가리지 않습니까? 소아든 노인이든?"

"침이 나이를 가릴 리 없지요."

"이야, 굉장하군요."

손석구의 눈에 호기심과 경탄이 번져갔다. 비웃음 같은 건 없었다. 과연 명의는 명의를 알아보고 있었다.

"아무튼 고맙습니다. 제 눈을 뜨게 해주셔서."

"별말씀을. 의술 하는 사람으로서의 의무일 뿐이었습니다."

"비단 제 생체학적 눈뿐만이 아니라 의술의 눈까지를 포함하는 말입니다. 채 선생님이야말로 제게 의술의 새로운 세계를 보여주셨습니다. 양방이라는 눈에 가린 한방의 진가를."

"누구든 세상을 다 알 수는 없는 법이지요."

"게다가 저 때문에 중국에서 날아오셨다고……."

"좀 큰 구급차 부른 거죠. 대한민국 넘버원 응급환자이지 않았습니까? 그만한 가치가 있는 일이라고 생각했습니다."

"대단하군요. 저도 채 선생님 나이 때는 그렇지 못했는데……."

"정말요? 저는 선생님이 인턴 때부터 열혈일 거라고 생각했는데……."

"천만에요. 그때는 제 몸 편한 거 찾기 바빴습니다. 박애고

히포크라테스선서고 다 귀찮았거든요. 내가 왜 의사가 되었나 하는 자괴감뿐이었죠."

"괜히 하시는 말씀이죠?"

"아닙니다. 그러다 어느 날 제대로 각성을 했지요. 레지던트 1년 차였는데 과장님이 마침 유럽에 연수를 가시고 머리 깨진 환자가 왔는데 내 사수께서 당시 임신 중이라 대처가 안 되는 거예요. 진짜 넋 놓고 매달려서 환자를 살렸죠. 다들 포기한 환자였는데 매달리니까 그게 되더라고요. 그날 생각했죠. 이제부터라도 나이롱 뿅 말고 진짜 의사가 되자."

"감동적인데요?"

"하핫, 솔직히 말하면 첫 고백입니다. 어디 가서 소문내지 마세요."

"뭐 실은 저도 그런 쪽이거든요. 비밀은 절대 엄수해 드리죠."

"하핫, 그래요? 우리, 나이를 떠나 통하는 데가 있군요. 앞으로 잘해봅시다."

"일단 침부터 뽑겠습니다."

윤도가 발침에 나섰다. 마지막 침 하나까지 보사를 소홀히 하지 않았다.

"히야, 이거 거짓말 좀 보태서 시력 재면 2.0은 문제없을 거 같은데요?"

손석구의 눈망울이 초롱거렸다. 딱히 과장만은 아니었다. 보조적으로 충혈 혈자리까지 잡아 시야를 터준 까닭이다. 20여 시간을 직진으로 달려온 수술이 아니었는가?

"언제 한번 인사드리러 가겠습니다. 그게 언제일지는 잘 모르지만……."

손석구가 고개를 조아렸다. 윤도도 함께 조아렸다. 두 영웅은 숙이는 각도까지 닮아 보였다. 두 명의는 그렇게 마음으로 통하고 있었다.

정신없이 달려온 길. 로비로 나오며 생각하니 서울 갈 일이 걱정되었다. 하지만 길이 있었다. 언제 도착했는지 김광요가 나타난 것이다.

"채 선생님!"

김광요는 박 과장과 함께였다.

"언제 입국하셨습니까?"

"채 선생 가시고 몇 시간 있다가 들어와서 바로 내려왔습니다. 결국 북한 병사 한 명을 살렸군요."

"차장보님의 결단 덕분이었지요."

"대통령께서도 굉장히 고무되어 계십니다. 북한에서의 일, 북한 병사의 일까지 다 보고가 되었거든요."

"예……."

"서울 가셔야죠?"

"예."

"일정이 어제까지였으니 급하시죠?"

"그게……."

"따라오세요. 일침한의원에 전화해 봤더니 환자들이 기다리고 있다더군요."

"어쩌다 보니 예정보다 시간이 지체되어서……."

"그래서 헬기 준비해 두었습니다."

"헬기라고요?"

"당연히 모셔야죠. 헬기가 아니라 전투기라도 띄울 수 있습니다."

김광요가 헬기장을 가리켰다. 거기에 정말 헬기가 이륙 준비를 하고 있었다.

투투투투!

헬기는 바로 이륙했다. 윤도의 형편을 아는 까닭이다.

"채 선생님!"

옆 자리에 앉은 김광요가 하늘에서 말문을 열었다.

"예."

"주석궁 얘기를 좀 해주셔야겠습니다."

"탁일범 진맥 말씀이군요?"

"맞습니다. 혹시 뭐 좀 알아낸 게 있습니까?"

"썩 좋은 건 아니었지만 시간이 없는 관계로 세부 질병 진단까지는 이르지 못했습니다."

"저런, 아쉽군요."

"살을 좀 빼준 일화는 들으셨죠?"

"예, 그건 오병길 의원을 통해서……."

"이제야 인사를 드리지만 덕분에 북한에서 좋은 경험을 했습니다."

"아닙니다. 이번 방북의 결실은 모두 채 선생 덕분입니다. 정부 차원에서 보상이 있을 겁니다."

"보상을 바라고 한 일은 아닙니다."

"아무 소리 말고 계십시오. 채 선생이 한 역할과 공이 엄청납니다. 그런 차에 공로까지 챙겨주지 못한다면 저도 이 자리 지킬 명분이 없지요."

"……."

"조만간 연락을 드리겠습니다."

김광요가 마무리에 들어갔다. 서울 상공이었다. 헬기는 한의원이 가까운 곳에 내렸다. 거기에 국정원 차량이 나와 있었다. 윤도는 착륙 5분 만에 한의원 앞에 도착했다.

"수고하셨습니다."

최종 수행을 책임진 박 과장의 인사를 들으며 한의원으로 뛰었다.

"원장님!"

윤도가 들어서자 정나현과 승주가 토끼 눈이 되었다.

"예약 환자들은요?"

"진료 가능하세요?"

"차례로 들여보내세요."

윤도는 약제실로 직행했다. 지도자에게서 얻어온 약재 때문이었다.

"원장님!"

반색하기는 진경태와 종일도 다르지 않았다.

"어떻게 된 겁니까?"

진경태가 물었다.

"그보다 이것부터 부탁해요."

윤도가 약재 꾸러미를 건넸다. 국정원 직원들 덕분에 중국 공항에서도 문제없이 통관된 물건이다.

"우와!"

약재 상자를 연 진경태가 자지러졌다. 그 품질은 윤도가 이미 체크한 상황. 진경태 역시 육안으로 알아볼 만큼 놀라운 것들이었다.

원장실로 들어선 윤도는 노숙자의 침통부터 꺼내보았다. 사연을 알고 보니 제대로 보였다.

五臟直刺鍼法.

그 단어에 눈이 멈췄다. 한지에 그려진 그림. 오장육부와 장침, 그리고 새털. 그때는 난해한 낙서 같던 그림, 그러나 알고 보면 비기를 담은 그림. 역시 세상은 아는 만큼 보였다.

딸깍!

첫 환자가 들어섰다.

"원장님, 환자분 모셨습니다."

함께 들어선 승주가 말했다.

"아, 김 샘, 혹시 저번에 소란을 피운 노숙자가 다시 오지 않았어?"

"안 왔는데요?"

"혹시 오면 내 방으로 좀 데려와."

"알았습니다."

대답을 듣고 진료에 착수했다.

3. 돌아버릴 것 같은 불면

첫 환자는 낙상으로 허리를 다친 중년 여자였다. 두 번째는 류머티스가 심했다. 소장수혈에 장침을 넣어 원샷으로 끝냈다. 다음으로 들어온 환자는 치질이었다. 병원에 갔다가 수술하자는 권유에 놀라 윤도를 찾아왔다고 했다. 혈자리의 포인트는 공최혈 부근이었다. 더러는 이렇게 진짜 혈자리보다 그 인근에 포인트가 형성되는 경우가 있었다. 장침을 넣으니 공최혈이 반응했다. 경혈은 여전히 신기한 힘을 가지고 있었다.

진도가 제법 나갔다. 늦은 건 윤도였으니 쉬지 않고 시침을 한 까닭이다. 차 한 잔을 마시고 새 환자를 맞았다. 불면증 환자였다. 긴 밤을 꼴딱 새운 윤도처럼 잠들지 못하는 남자. 62세의 남자는 5대 대기업 이사로 퇴직한 사람이었다.

"언제부터 시작되었는지요?"

문진으로 진료가 시작되었다.

"잘은 모르지만 몇 년 되었죠."

남자의 목소리는 건조하고 쓸쓸했다.

"계기가 있었나요?"

"아내가 죽었어요."

"……?"

"흔한 갑상선암이었어요. 크게 심하지 않다기에 치료를 받았죠. 병원에서 아무 이상 없다고 하길래 집에서 요양하며 살았어요. 그러다 1년쯤 후에 몸이 안 좋아서 다시 병원에 갔더니 유방암 판정이 나오더라고요. 내 생각에는 전이 같은데 병원에서 아니라고 하니 도리는 없고… 수술을 했는데 다른 곳으로 전이되는 바람에 항암 치료를 받다가 사망하고 말았어요."

"저런……."

"남자가 직장 떨어지고 아내마저 죽으니까 이건 뭐 사는 게 사는 게 아니더라고요. 옛날에 충성을 맹세하던 부하 직원들도 술 한잔하는 것조차 꺼리고 친척들도 내가 방문하면 빨리 갔으면 하는 눈치고… 그러다 보니 나도 모르게 잠이 줄면서 불면증이 생겼어요. 처음에는 그러다 마려니 하고 동네 병원에서 수면제 몇 알 받아먹는 걸로 때웠는데 이제는 수면제를 십여 알씩 먹어도 잠이 잘 오지 않아 하얗게 밤을 새우는 날이 많아졌어요. 그런 날이면 한마디로 미치죠. 머리가 팽팽 돌고 구토까지 올라온다니까요."

극악의 불면증.

간간이 불면증 환자를 보기는 했다. 하지만 이 환자는 불면의 극치를 보여주고 있었다. 이런 정도라면 중병이다. 당근이나 상추가 좋다는 말은 입도 벙긋 못할 수준이었다.

한의학에서는 불면증을 불매(不寐)나 목불명(目不瞑) 등으로 부른다. 장침으로 치료를 시작할까 하다가 이야기를 좀 더 들어보기로 했다. 남자의 말이 이어졌다.

"처음에는 그까짓 잠, 어차피 직장도 없는데 밤에 못 자면 낮에 자지 했는데 그게 아니더라고요. 잠을 못 자니 마치 환각 속을 헤매는 것 같고… 자식 하나 있는 건 외국에서 살고 있는데 나 잘못된다고 불러올 수도 없고… 그러다 선생님 용하다는 말을 듣고 찾아왔습니다."

"잘 오셨습니다. 시작은 그렇고… 마음은 어떠세요?"

"이렇게 혼자되니 사는 게 사는 게 아니죠. 마누라 죽을 때 따라 죽었어야 하는데 속 모르는 동창 놈들은 기왕 그렇게 되었으니 베트남 처녀 데려다 새장가나 가라고 농이나 치고……."

"재혼을 하는 것도 일상생활로 돌아가는 한 방법이겠죠."

"살아온 게 후회막심인데 이제 와서 무슨 새장가입니까? 그래도 누구보다 열심히 살았다고 생각했는데 남은 건 불면증뿐이네요."

환자의 고조된 감정이 살짝 내려왔다. 그 틈새를 타고 질문을 이었다. 장침만이 치료는 아니었다. 환자의 말을 들어주어 맺힌 걸 푸는 것도 치료였다.

"뭐가 가장 아쉬우세요?"

"내 감정이죠. 불면의 밤에 돌아보면 한평생 내 감정대로 솔직하게 살지 못한 거 같습니다. 위로는 사장단과 회장님, 아래로는 과부장과 대리들. 그 조율 때문에 늘 두 얼굴로 살았죠. 집에서도 그랬고 자식 앞에서도 그랬습니다. 화가 나도 참아야 했고 이해하지 못하는 일도 이해하는 척해야 했죠."

"……."

"결국 내 인생이 아니라 사회의 부품으로 살았다는 생각뿐입니다. 어릴 때 마음에 품은 일들은 나이와 함께 신기루가 되었고, 어쩌다 시간이 나도 내가 아닌 직장 상사들, 부하들, 혹은 가족들을 위해 써야 했습니다. 그러고 보니 나 혼자만의 시간을 갖거나 여행 같은 걸 간 적이 한 번도 없네요. 남들 보기에는 폼 나는 대기업 이사인데 나는 내가 아닌 타인을 위해 살았던 겁니다."

"……"

"결국 이 꼴이 되려고 그렇게 살았나 생각하면 울화가 치밉니다. 일에 쫓겨서 허덕이고, 승진 때문에 간과 쓸개 다 빼놓고……. 그렇게 이사까지 되었지만 그 굴레는 변하지 않았습니다. 아내는 아내대로 불만, 자식 역시 아버지가 해준 게 뭐냐고 하는 판에 위로는 실적으로 쪼이고 아래로는 직원들 달래야 하고……."

"아직 선생님의 시간은 많이 남았습니다."

윤도가 위로의 말을 던졌다.

"이미 늦었습니다. 친구 놈들이 그러더군요. 저한테 치매 증상이 있는 것 같다고. 실제로 우리 동네 의사도 그랬어요. 불면증이 지속되면 치매에 걸릴 위험이 굉장히 높아진다고. 다른 건 몰라도 혼자가 된 몸에 치매는 정말……."

"불면증만 고치면 선생님을 위해 사시겠어요?"

"당연하죠. 이제 타인들 눈치 보는 것도 질렸습니다. 불면증만 해결되면 베트남으로 가려고요."

"베트남에는 왜요?"

"새장가를 가겠다는 건 아닙니다. 우리 회사가 베트남 진출할 때 봐둔 커피 농장이 있거든요. 규모가 크지 않아 현재 제 재산으로 매입 가능합니다. 제가 커피를 마시는 건 별로지만 향은 참 좋아해요. 남은 시간에 하고 싶은 건 그것뿐입니다."

"거긴 가실 수 있을 겁니다."

"침으로 제 불면증이 치료 가능합니까? 솔직히 한의원도 몇 군데 다녀봤습니다만 다들 신경쇠약이라고만 하고……."

"선생님이 저를 믿으시면 가능합니다. 조건은 그것뿐입니다."

"쿨하시군요. 특히 진부한 말씀도 없고……."

"진부하다는 건 뭐죠?"

"잠자기 전에 목욕해라, 텔레비전 보지 마라, 커피 마시지 마라 같은 말 말입니다. 저 정도 되는 불면증 경험자가 그런 말 모르겠습니까만 가는 데마다 그걸 처방이라고 반복해 대니 스트레스만 쌓였습니다."

"네에……."

공감 100%의 말이었다. 불면이 처음 시작된 사람에게는 도움이 될 수 있는 말. 하지만 불면이 만성화된 사람에게 같은 말을 앵무새처럼 앵앵거리면 좋게 받아들일 리 없었다. 이렇게 윤도도 배운다. 의사라고 전능한 신은 아닌 것이다.

윤도는 남자와 함께 침구실로 이동했다.

잠은 굉장히 중요하다. 어떻게 보면 먹는 것에 못지않았다. 인간은 배가 고프면 뱃속의 비둘기가 신호를 보낸다. 신체에 있는 다양한 생리, 대사 등의 리듬을 담당하는 기관 덕분이다.

잠은 일명 생체 시계에 의한다. 인간은 낮에 활동하고 밤에는 자도록 세팅되어 있다. 현대 의학적으로 말하자면 잠에 관여하는 호르몬이 있다. 멜라토닌이 그 주인공이시다.

뇌의 송과체에서 분비되는 멜라토닌은 빛에 민감한 호르몬이다. 밤과 낮의 길이, 계절에 따른 일조 시간의 변화 등과 같은 빛의 주기를 감지하여 생성, 분비된다. 이 호르몬은 밤에 집중적으로 분비되며 잠을 자도록 만든다. 반대로 아침이 오면 햇빛의 영향으로 분비가 줄어들어 각성 상태에 이르게 만든다. 한방의 음양 이론으로도 설명이 되는 부분이다.

불면증 환자들에게는 특별히 아침 산책을 권한다. 햇빛을 쬐라는 뜻이다. 이 멜라토닌은 나이에 따라 분비량이 변한다. 젊은 사람에게는 '콸콸'이고, 나이가 들면 '쫄쫄'이 된다. 어린 아이들이 잠이 많은 건 멜라토닌이 많은 까닭이고 노인층에 불면증이 많은 이유는 이 호르몬의 감소 때문이다.

이 호르몬의 컨트롤을 위해 수많은 방법이 추천되고 있다. 소위 숙면법이다.

1) 규칙적으로 생활하라.

2) 낮 시간에 많이 움직여라.

3) 잠들기 전에 컴퓨터나 핸드폰, 책을 보지 마라. 특히 화면이 강할수록 쥐약이다.

4) 자기 전에 따뜻한 물로 샤워나 목욕을 하면 좋다.

5) 우유를 한 잔 마셔라.

6) 자기 전에 커피, 홍차, 콜라, 초콜릿 등을 피하라.

7) 침구나 방 안을 최적 조건으로 만들어라.

8) 그래도 잠이 안 오면 숫자나 양을 세어라.

골라 적어도 많기도 하다. 문제는 진짜 불면증에 걸리면 이 모든 것이 쓰잘머리 없는 훈수에 불과하다는 것이다. 그럼에도 불면은 어떻게든 극복해야만 한다. 불면으로 야기되는 질병이 만만치 않기 때문이다.

불면증이 심해지면 치매에 걸릴 확률이 높아진다.

이 말부터 무섭다. 수면 장애가 지속되면 심혈관계 질환, 당뇨병, 치매, 퇴행성 질환 등이 증가할 수 있다. 그렇기에 수면양과 일주기 리듬의 변화가 알츠하이머병 치매 발생에도 영향을 미치는 것이 이슈가 되고 상황이다.

진맥에 앞서 등을 보았다. 불면증 환자들은 필경 등의 간수 부근이 부어오른다.

"이걸 보세요."

윤도가 그의 등에 거울을 비쳤다.

"이 부분이 부어 보이죠?"

"그렇군요."

"불면증이라는 증거입니다."

확인을 시켜주고 거울을 놓았다. 인간은 심리적인 동물이다. 볼 수 있다면 보는 게 좋다. 말로만 하면 뜬구름을 잡는 것 같아 환자의 의심이 사라지지 않는다. 하지만 눈으로 확인하게 되면 마음의 무게가 사라진다. 마음이 편해지면 낫는 병이 한둘이 아니다.

"진맥 좀 해볼까요?"

윤도가 손목을 잡았다. 한방의 불면증 기원은 몇 가지로 나뉜다. 윤도의 기준은 간장, 비장, 신장, 심장이었다. 이 남자의 원인은 간이었다. 신장과 심장에 의한 거라면 정신력이 떨어지는 게 옳았다. 하지만 남자의 정신력은 흐트러짐이 없었다.

그건 오히려 간장 쪽의 문제로 보였다. 단정한 옷차림의 남자, 가방과 모자도 반듯하게 벗어놓았다. 줄에 맞춘 듯 앞코가 가지런한 구두 역시 깔끔하고 먼지 하나 없었다. 이런 사람은 잠자리에 누워도 간의 피가 잘 돌지 않는다. 피가 간장에 몰려 있는 것이다. 간에 피가 차면 눈이 또렷해진다. 눈이 또렷하니 잠들 재간이 없는 것이다.

간이다.

그렇다면 핵심 치료는 신장과 비장이 우선이었다. 신과 비를 치료하면 간은 낫게 마련이다. 장침이 들어가기 시작했다. 신주혈과 간수혈을 시작으로 다리의 족삼리와 태계혈까지 이어졌다. 이후 손목으로 돌아와 일침사혈의 장침 하나를 더했다. 신문혈에서 영도혈까지 짚어낸 것이다. 환자의 신경쇠약까지 고려한 자침이었다.

애당초 간수혈을 넣은 건 극도의 불면 때문이었다. 그 혈자리가 포인트로 짚인 것이다.

사락, 사삭!

침 끝을 돌리며 기를 넣었다. 환자가 들숨을 쉴 때에 함께 호흡을 맞췄다.

툭!

마른 경혈의 둑이 헐리는 소리가 들렸다. 그제야 침 끝을 혈자리의 끝까지 밀어 넣었다.

침의 기운이 인체를 두 바퀴쯤 돈 후에 침을 뽑았다.

강판처럼 막혀 있던 불면의 경혈이 시원하게 뚫린 게 느껴졌다. 고인 물이 물길을 따라 흐르니 혈류의 흐름도 좋아졌다. 증거는 등의 간수 부근에서도 보였다. 부어오른 부위가 사라진 것이다.

"아까 그 부위, 다시 보세요."

한 번 더 거울을 등에 비쳐주었다.

"어?"

"사라졌죠?"

"그러네요?"

"오늘부터는 잘 주무시게 될 겁니다. 하지만 선생님이 해야할 몫이 하나 있습니다."

"뭐죠?"

"원래 성격이 깔끔하시죠?"

"그렇다는 말은 좀 들었습니다."

"그 마음을 조금만 흐트러뜨리세요. 그럼 다시는 불면증이 오지 않을 겁니다."

"약은요?"

"신장과 비장의 기를 살리는 탕제를 드릴 겁니다. 선생님의 불면증은 간의 기혈이 좋지 않은 게 원인이지만 그 기원은 신장과 비장이 맞습니다. 말하자면 원수(原水)를 깨끗하게 하면 이어지는 수로의 물도 깨끗해지는 원리죠."

"불면증에 신장과 비장이라……."

"신장과 비장이 약해지면 생각이 많아집니다. 신경쇠약의 원인이 되기도 하지요. 불면증과 더불어 신경쇠약도 한꺼번에 잡힐 겁니다."

"설명이 시원하군요. 그러고 보니 몸도 가뜬해진 것 같고… 고맙습니다."

환자는 정중하게 인사를 남기고 나갔다. 발걸음도 가벼웠다.

"하음……."

윤도는 기지개를 켜며 인터폰을 당겼다. 하지만 다음 환자 보내라는 말을 하기도 전에 문이 거칠게 열리더니 승주가 다급한 소리를 냈다.

"원장님, 큰일 났어요! 차례 기다리던 환자가 쓰러졌어요! 그것도 갓난아기 엄마가!"

응?

환자가 쓰러져?

게다가 갓난아기 엄마?

4. 미숙아와 나노 장침

늘어진 환자는 30대 초반의 여자였다. 그녀는 갓난아기를 안고 있었다. 정나현과 승주가 아기를 수습하고 윤도가 응급 조치를 위해 혈을 잡았다. 손의 합곡혈을 찌르고 팔의 곡지혈에 장침을 넣었다. 이어 발의 태충혈에 장침을 넣자 여자가 정신이 들었다. 족삼리와 백회혈까지는 가지 않았다.

"괜찮으세요?"

윤도가 물었다.

"우리 세경이는요?"

파리한 여자가 아기부터 찾았다.

"아기는 여기 있어요."

정나현이 아기를 돌려주었다. 여자는 자기 몸은 돌보지 않고 아기부터 챙겼다. 아이가 작았다.

'아기가 환자로군.'

윤도는 본능적으로 감지했다.

"아기 때문에 오셨군요?"

윤도가 여자를 바라보았다.

"네, 우리 아기……."

그 한마디에 여자의 눈에 눈물이 그렁거렸다.

"이분 차례인가?"

윤도가 승주에게 물었다.

"하도 통사정을 해서 끼워 넣은 분이라… 다음 차례예요."

"일단 침구실로 모셔. 차도 좀 챙겨 드리고."

고조된 감정을 달래기 위해 조치를 했다.

다음 환자는 어깨의 격통을 호소했다. 석 달 가까이 아픈 데도 낫지 않는 격통이었다. 진통제를 먹고 물리치료를 받아도 큰 효험이 없었다.

"격통이 어깨에 머문 게 다행이네요. 자칫하면 머리로 갈 뻔했습니다."

별것 아닌 것 같지만 큰일 날 뻔한 일이었다. 윤도는 신수혈에 장침을 넣어 격통을 없애주었다. 그리고 조금 전의 여자와 아기를 환자로 받았다.

"선생님."

여자가 명함을 내밀었다.

청송대학병원 중증외상센터장 손석구.

명함은 뜻밖에도 손석구의 것이었다.

"손 선생님을 아세요?"

윤도가 물었다.

"저희 남편을 살려주신 분이에요."

'남편을 살려줘?'

"남편이 아직 물리치료를 받는 중이라 통원 치료차 내원했는데 아침에 복도에서 만나 선생님 말씀을 들었습니다. 그분은 우리 아기 눈이 거의 실명 상태라는 걸 알고 계시거든요."

'실명?'

"손 선생님 말씀이 채 선생님이라면 우리 아가 눈을 보이게 해줄지도 모른다고 하시기에 그길로 애걸복걸 예약을 부탁하고 서울까지 달려왔어요. 한 번도 운전을 쉬지 않고 달리다 보니 제가 너무 긴장해서 그만 기절을……"

청송대학병원에서 서울까지.

그것도 갓난아기와 함께… 여자로서 쉬운 일은 아니었다.

"아기 아빠는요?"

"그이는 오늘도 물리치료를 받아야 해서……."

"……."

"부탁합니다, 선생님. 우리 아기 눈을……."

여자가 일어나 허리를 접었다. 너무나 정중하고 간곡해 마음이 숭고해질 정도였다.

"진정하시고 차분하게 얘기해 보세요."

윤도가 여자를 달랬다.

"흑!"

의자에 앉은 여자는 울음보부터 터뜨렸다.

ROP: Retinopathy Of Prematurity.

접수 화면에 참고 사항으로 뜬 아기의 공식 병명이다. 한국말로 하면 미숙아 망막 병증.

여자는 가져온 진단서와 영상물 전부를 내밀었다. 많기도 했다. 아기의 실명이 믿기지 않아 네 군데 병원을 돈 여자였다. 충분히 이해가 되었다. 세상에서 가장 사랑스러운 아기. 모든 것을 다 주어도 모자랄 새 생명인데 눈이 보이지 않는다니. 그보다 기막힌 일이 또 어디 있을까?

부부는 가난했다. 둘 다 지방의 전문대학을 나왔다. 열심히 살았지만 좋은 일자리도, 돈도 많이 모으지 못했다. 사랑하기에 결혼했다. 따로 사는 살림을 합치면 경제의 시너지 효과가 일어나 돈을 모을 걸로 판단했다. 그 판단은 어느 정도 옳았다.

그러다 아기가 생겼다. 사랑하기에 아기를 낳았다. 여기서부터 이들 신혼부부에게 닥친 악몽의 시작이었다. 신혼의 단꿈이 다 사라지기도 전에 아기가 미숙아로 나왔다.

미숙아.

이름부터 걱정이 앞서는데 걱정만으로 끝나지 않았다. 병원비가 많이 들기 시작했다. 남편은 퇴근 후에도 대리운전을 뛰어야 했다. 설상가상으로 아기가 미숙아 치료를 받는 동안 남편이 교통사고를 당했다. 손석구에게 옮겨져야 할 정도의 중증 외상이었다. 다행히 자동차 보험과 남편 앞으로 들어둔 보험이 있어 경제적 타격은 크지 않았다.

여자는 미숙아 치료가 끝난 아기를 업고 남편 간병을 했다. 그러다 아기가 이상한 걸 알게 되었다. 남편이 입원한 청송병원에서 진료를 받았다. 청천벽력이 떨어졌다. 미숙아 망막 병증 진단이 나온 것이다.

이 질환은 고산소증·저산소증·저혈압 등의 원인으로 망막 혈관에 이상이 생겨 발생한다. 실명에 이를 수 있었다. 아기는 그때 이미 실명 예정 진단을 받았다. 엄마, 아빠의 얼굴에도 반응하지 않은 것이다.

미숙아 치료를 맡은 병원에 항의해 보상금을 받았다. 그 당시 이상을 호소했음에도 의료진이 무시한 일이 있었다. 의료 소송을 벌일까도 생각했지만 남편까지 환자인 까닭에 엄두를 내지 못했다. 그러던 차에 손석구를 만났다. 그가 실명하면서 SS병원에 실려 간 건 뉴스로 나온 일. 혹시나 싶은 마음에 물었더니 윤도를 추천한 것이다. 남편이 절대적으로 신뢰하는 의사 손석구. 그의 추천이었으니 오아시스를 만난 기분이었다.

"당시에 어쩌다 아기를 바라보면 눈을 잘 마주치지 못했어요. 그래서 눈을 봐달라고 신생아 중환자실 의료진에게 몇 번이나 말했는데도……."

여자가 원망스레 고개를 저었다.

질병의 원인.

그걸 알면 생각이 많아진다.

그때 그걸 하지 않았더라면.

그걸 먹지 않았더라면.

거기 가지 않았더라면…….

Side effects!

부작용이 난다.

그것만큼 깊은 부작용도 드물다.

"그때 제가 안고서라도 안과에 가야 했는데……."

여자의 한은 여전히 마음속에 깊은 흉터로 남아 있었다.

"생후 4주 즈음에 눈 검사를 하지 않았군요?"

윤도도 상황 파악이 되었다. 신생아를 낳으면 4주 즈음에 눈 검사를 실시한다. 그때 검사를 했더라면 막을 수 있는 비극이었다. 그랬기에 병원에서 과실을 인정하고 순순히 보상금을 내준 것이다. 반대로 의료진이 할 일을 다 했다면 절대 보상금을 줄 리 없었다. 많은 병원의 생리가 그랬다.

"아기가 중환자실에 입원해 있어서 안에서 다 알아서 하는 줄 알았어요."

여자는 또 한 번 억장이 무너지고 있었다.

신생아 중환자실(NICU).

그곳은 전쟁터와 다르지 않다. 대다수 의료 인력이 근무를 꺼리는 곳이다. 윤도가 듣기로도 하루 24시간 비상 대기 상태로 살아야 했고 식사조차도 총알처럼 먹어치워야 했다. 한마디로 격무의 상징이었다.

동시에 뭐 하나 잘못되면 온갖 비난을 떠안는 곳. 아기들을 돌보기 위해 총력을 기울이는 의료진이지만 사고가 터지면 허탈감에 사표까지 내는 곳 또한 신생아 중환자실이었다.

게다가 신생아들은 밤과 새벽에 이상 증세를 보이는 경우가 많고 병세도 악화된다. 이 시간대에는 주로 당직 레지던트와 간호사가 야전을 책임지고 있다. 그러다 이상이 생기면 각 과

닥터를 콜하는 시스템이니 급박한 상황이 닥치면 기습 폭격을 받은 전쟁터를 방불케 한다는 말이 과장이 아니었다.

그렇기에 신생아 중환자실의 숙련 인력은 구하기도 어려웠다. 지방은 더더욱 그러했다.

"그즈음에 신생아 중환자실에 문제가 있었던 것 같군요."

윤도가 조심스레 의견을 냈다.

"맞아요. 한쪽 라인에 있던 아기들이 전부 같은 감염 증세를 보이며 심장 발작이 일어나 한 보름 정도 병원이 뒤집힌 적이 있었어요."

'역시······.'

윤도가 고개를 끄덕였다. 고래 때문에 새우 등 터진 격이다. 더 응급한 아기들을 살리려고 총력전을 펼치다 보니 덜 응급한 아기에게 소홀했다. 하지만 실명이다. 세상을 볼 수 없게 되었다. 단순히 소홀히 했다기엔 아기에게 치명적인 결과를 안기고 말았다.

"아기를 좀 눕혀보시겠어요?"

윤도가 진료대를 가리켰다.

아기는 울지 않았다. 달빛처럼 은은하게 웃고 있었다. 초점이 없는 눈동자, 그래서 윤도의 마음까지 저릿하게 아파왔다. 윤도가 맥을 잡자 아기가 반대편 손으로 윤도의 팔을 움켜쥐었다. 얼굴은 여전히 웃고 있었다. 진맥을 멈추고 아기를 안아

들었다.

"까르르까르르."

아기의 입에서 옥 구르는 소리가 났다. 깨물어주고 싶을 정
도로 맑은 미소와 목소리. 눈으로 갈 총기와 청명이 미소와
목소리로 간 걸까?

"세경아."

여자가 다가섰다.

"네 눈을 보게 해주실 한의사 선생님이야. 얌전히 있어. 안
그러면 우리 세경이, 엄마 아빠 얼굴 영영 볼 수 없어."

"까르르⋯⋯."

"엄마 말 알아들었지? 우리 착한 세경이⋯⋯."

여자가 아기의 가슴을 톡톡 두드렸다. 아기가 얌전해졌다.
엄마와 교감하는 것이다.

운명.

그 무거운 단어가 윤도의 머리에 맺혔다. 아기도 아는 걸
까? 여기서 자기의 운명을 바꿔야 한다는 걸. 자칫하면 평생
시각장애인으로 살 운명에 '빛'을 들여야 한다는 걸.

진맥⋯⋯.

아기에게는 운명 체크가 될 판이다.

맥을 따라 아기의 오장육부로 들어갔다. 사지를 거쳐 머리
로 올라갔다. 독맥의 기가 들어오고 임맥이 파악되었다. 그리

고 윤도는 마침내 아기의 안구 정보를 알게 되었다.

망막이었다. 그 망막 혈관 안에서 가지를 친 작은 정맥 줄기와 모세혈관을 막은 혈괴들이 보였다. 아주 작아 좁쌀 같았다.

미숙아 망막증.

처음에는 수정체 후 섬유증식증이라는 병명으로 통했다. 아직 원인이 밝혀지지 않은 난치병이다. 이 질환은 미숙 신생아들의 망막의 혈관에 주로 발생하는 병으로 특히 신생아 중환자실에서 집중 치료를 받은 미숙 신생아들에게 생길 가능성이 높았다.

그러나 신생아 중환자실의 고농도 산소 치료로 인한 발생 비율보다 태어난 신생아가 미숙할수록 망막증이 생길 가능성이 높았다.

그렇다고 미숙아에게서만 생기는 것은 아니었다. 태아에게도 생길 수 있고, 고농도 산소 호흡 치료를 받지 않은 미숙 신생아에게도, 만삭의 산모에게서 태어난 신생아에게도 생길 수 있었다.

난감한 건 안과 전문의가 아니고는 분간하기가 곤란하다는 점이다. 즉 아기에게 별다른 증상이나 징후가 나타나지 않는 것이 일반적이었다.

이 질환은 다행히 서서히 진행되다가 멈출 수도 있었다. 그렇게 되면 근시나 사시가 될 수 있다. 하지만 계속 진행되면 시력을 완전히 상실하고 만다. 일단 계속 진행되면 특별한 치료 방법이 없는 까닭이다. 그러다 조기에 발견하게 되면 주변 망막 박리 치료법 등을 통해 치료가 되기도 한다. 현대 의학의 경우에는 그랬다.

아기의 핵심 역시 안구의 혈관이었다.

신생아 망막 병증은 혈관 이상 질환이라고 해도 과언이 아니었다. 정상적인 경우 망막 혈관은 태생 4개월 즈음에 시신경 유두 부위에서 시작되어 주변부로 점차 망을 넓혀간다. 그러다 10개월쯤 되면 형성을 마친다. 망막 병증은 이 혈관이 형성되는 과정에서 장애가 발생해 비정상적으로 혈관이 증식하게 되는 것이다.

혈관.

당연히 엉망이었다.

한마디로 무질서의 극치였으니 실뭉치를 멋대로 뭉쳐 던져 놓은 그림과도 닮아 보였다.

혈자리.

특효 혈자리가 보이지만 그것으로도 카오스를 이룬 혈관 뭉치가 풀릴 것 같지 않았다. 결론은 하나였다.

—장침 불가.

윤도의 등골이 서늘해졌다. 비정상으로 증식한 혈관이 너무 많았다. 거기에 모세혈관까지 이중으로 겹친 형세이니 하나하나 풀어 물길을 튼다는 것도 어불성설이었다.

"푸우!"

한숨이 절로 나왔다. 윤도의 신침으로도 안 되는 질환이라니.

"안… 되나요?"

묻는 여자의 얼굴은 이미 어둡게 물들어 있었다.

"……."

"선생님."

"방법을 찾아보겠습니다."

일부러 웃어주었다. 여자가 낙담하면 그 느낌이 아기에게 간다. 그건 치료에 좋지 않았다.

아기를 두고 원장실로 향했다. 안에서 문을 잠갔다. 이제 아기 눈을 살리는 길은 산해경뿐이었다. 그 또한 장담할 일은 아니었지만 시도할 가치는 있었다. 저 먼 영남에서 쉬지도 않고 달려온 여자를 그냥 돌아가라고 할 수는 없었다.

신비경을 꺼냈다. 눈에 대한 영약은 몇 가지가 있었다. 윤도의 머리에 든 건 '탁'이었다. 중산경으로 들어가 감조산을 비추었다. 황하가 보였다. 마음이 급한 탓인지 노란 꽃이 보이지 않았다. 어쩌다 노란빛이 보이면 다른 꽃이었고, 더러는 누렇게 뜬 나뭇잎이기도 했다.

'윽!'

잠시 쉬는 사이 신비경에 진귀한 동물 모습이 들어왔다. 혹을 없애는 동물 '나'였다. 나가 있으면 탁도 있다. 윤도는 다시 신비경을 들이댔다. 그제야 탁의 노란 꽃이 보였다. 탁이 현실로 나왔다. 윤도는 바로 생체 분석을 들이댔다.

[원산] 산해경.

[약재 수령] 33년.

[약성 함유 등급] 上中品.

[중금속 함유] 무.

[곰팡이 독소] 무.

[약재 사용 유무] 가능.

[용법 용량] 껍질부터 씨가지 잘근잘근 씹어 먹는다. 눈이 어두워지는 것을 고친다.

[약효 기대치] 上上.

'오케이!'

윤도가 쾌재를 불렀다. 그걸 들고 약제실로 갔다. 진경태에게 맡겨 진액을 추출토록 부탁했다. 갓난아이에게 맞는 용법이 아니었기에 약침으로 쓸 생각이다. 아기의 망막 상태로 보아 그게 더 효과적일 것 같았다. 다행히 아기의 눈에 어울리는 장침도 있었다.

—나노 장침.

노숙자의 침통 속에 든 장침이 그것이다. 그 또한 멸균기 안에 집어넣고 잡균을 박멸했다.

"여기 있습니다."

얼마 후에 진경태가 진액을 가져왔다. 그걸 받아 들고 침구실로 향했다. 윤도의 걸음걸이가 비장했다. 어쩐지 손석구의 기분을 알 것만 같았다.

일단 마취혈부터 잡았다. 갓난이였기에 오랜 시침을 견디기 힘들었다. 아기는 이내 잠잠해졌다.

"침을 놓을 겁니다. 잠시 나가 계셔도 됩니다."

"예."

승주가 문을 열어주자 여자는 복도로 나갔다. 윤도가 나노 장침을 꺼내 들었다.

탱!

장침의 매끈한 몸매에서 아득한 금속음이 들렸다. 새하얄 정도로 빛나는 은빛의 나노 장침은 정말이지 잘 보이지 않을 정도로도 가늘었다.

'시작하자, 채윤도.'

윤도의 눈이 혈자리로 향했다.

톡!

'탁'의 약물을 묻혔다.

오장직자침법에 더한 나노 장침.

아기의 눈을 위한 최강의 조합이었다. 거기에 준비한 산해경의 영약. 윤도가 결코 낙담하지 않는 요소들이다.

바람결을 찌르듯 세상에서 가장 맑은 호수 같은 아기의 눈으로 나노 침이 들어갔다. 아기라고 거칠 것은 없었다. 침은 오직 환부를 겨냥하는 것. 아기건 노인이건 다를 바 없었다. 침 끝이 공막과 맥락막을 지나 망막에 도착했다. 미세한 눈 조직이지만 윤도의 나노 침은 목표를 놓치지 않았다. 거기서 침 끝을 돌려 망막의 중심 동맥과 정맥을 찔렀다.

치킄!

느낌이 왔다. 혈관의 중심에 약침을 넣고 다음 나노 침을 뽑아 들었다. 이번에는 혈관의 끝으로 침이 들어갔다. 왼눈에서 멋대로 꼬인 이상 망막 혈관의 시작과 끝에 약침을 넣은 것이다.

오른쪽 눈에도 같은 시침을 넣었다. 네 개의 나노 침을 넣는 것만으로도 땀이 주르르 흘렀다. 승주가 내주는 수건으로 땀을 닦고 보조 혈자리를 잡았다. 합곡과 삼음교혈이었다. 여기 가해진 침은 강침(强鍼)이다. 손석구의 경우처럼 눈 안의 잡티를 없애려는 조치였다.

"원장님……."

시침이 끝나자 승주가 몸서리를 쳤다.

"왜?"

"제가 다 떨려요. 아이가 꼭 눈을 떠야 할 텐데……."

"……."

윤도는 대꾸하지 않았다. 다른 시침이었다면 장담할 수 있는 일이었다. 하지만 아기였다. 게다가 망막 혈관이 너무 비정상적으로 증식했다. 장침으로 장담할 일이 아니었다.

그렇기에 윤도는 아기에게만 전념했다. 중간에 약침도 갈아주었다. 어린 아기였기에 신주혈의 혈자리에도 침을 놓았다. 어린아이들은 신주혈이 지키기 때문이다. 나아가 신장은 눈동자의 기능도 책임지는 까닭이다. 그때까지도 망막 혈관의 변화는 크지 않았다.

'안 되는 건가?'

처음으로 부정적인 생각이 들었다.

따르릉!

타이머가 울렸다. 침을 뽑았다. 그때까지도 아기 눈의 변화는 별로 없었다. 눈에 띄는 건 눈에서 나온 눈물에 탁하다는 것.

'후우!'

숨을 고르고 마침침까지 뽑았다. 아기가 꿈틀하더니 또 배시시 웃었다. 아기 눈앞에 손바람을 일으켰다. 눈이 반응하지

않았다. 어린이 환자를 위해 준비한 장난감을 내밀어도 보지
못했다.

"흑!"

승주가 먼저 눈물을 터뜨렸다.

"……!"

잠시 후에 들어온 여자의 반응도 승주와 같았다. 그녀는 입
술을 깨물고 아기를 안아 들었다.

"그래도 고맙습니다."

여자는 눈물을 누른 채 인사를 해왔다. 복도까지도 꼿꼿하
게 걸어나갔다. 여자의 눈물은 그녀의 차 안에서 터졌다. 마
지막 희망으로 달려온 서울의 명침 명의. 그마저도 두 손을
들었다. 이제는 끝이었다. 사랑하는 아기에게 영영 이 아름다
운 세상을 보여줄 수 없게 된 것이다.

"여보."

여자는 핸드폰을 꺼내 들었다.

"세경이, 손 선생님이 추천한 한의사 선생님에게 침 맞았어.
하지만… 엉엉!"

여자의 절규 소리가 높아졌다.

"희연아, 힘내. 그래도 우리는 세경이를 살렸잖아? 어떤 부
모는 사지가 없는 아기도 행복하다 생각하고 키웠다는데 우
리 세경이는 눈만 안 보일 뿐이야. 내가 빨리 나아서 세경이

눈이 되어줄게."

"여보……."

남편의 위로는 여자의 가슴을 더 긁어놓았다.

우리가 왜?

뭘 잘못했기에?

우리 아기가 왜?

이 어린 게 무슨 죄가 있다고.

감정이 자꾸 북받쳐 올랐다.

"아아앙!"

여자가 울자 그 품의 아기도 따라 울기 시작했다. 결국에는
아기 울음소리가 더 높아졌다. 그제야 마음을 다스린 여자가
아기를 달래기 시작했다. 그런데…….

"……?"

아기 눈물을 닦던 여자가 숨을 멈췄다. 아기의 눈물, 그건
눈물이 아니고 핏물이었다.

"우리 아기가 이상해요!"

여자는 다시 접수실로 뛰어들었다. 정나현이 아기를 받아
들고 윤도에게 뛰었다.

"원장님, 아기가……."

정나현이 아기를 내밀었다. 윤도가 재빨리 맥을 짚었다.

"……!"

맥을 짚던 윤도가 화들짝 놀랐다. 눈의 맥이 돌아와 있었다. 그 주변의 혈자리, 약하긴 하지만 거의 정상이었다.

"식염수 가져오세요!"

윤도가 소리쳤다. 승주가 식염수를 들고 뛰어왔다. 정나현과 합세해 아기의 눈을 닦았다. 윤도가 그 앞에 장난감을 보였다. 아기의 두 손이 따라왔다. 이번에는 작은 인형을 보였다. 잡으려는 기색이 역력했다.

"세경아!"

지켜보던 여자가 고함을 쳤다.

"이리 오세요. 엄마 얼굴을 보여줘야죠."

윤도가 여자를 끌었다.

"세경아……."

여자가 아기를 안았다. 아기가 두 손을 내밀어 엄마의 얼굴을 더듬었다. 여자가 고개를 돌리자 눈이 따라왔다. 왼쪽으로 가면 왼쪽, 오른쪽으로 가면 오른쪽으로.

"으아악, 아악! 우리 세경이 눈이 보여요!"

여자는 아기를 안은 채 주저앉고 말았다.

"약침 효과가 조금 늦게 나타난 모양입니다. 축하합니다."

윤도가 말했다.

"으아악, 아아악! 아가, 내가 네 엄마야! 엄마라고!"

여자는 통곡하며 몸서리를 쳤다. 그녀로서는 지상의 무엇과도 바꿀 수 없는 감격이었다.

산해경의 영약과 나노 장침.

그 둘이 어울려 또 하나의 기적을 일구었다. 윤도는 여자의 비명 속에서 가만히 고개를 끄덕였다. 그래, 이 맛이야. 이 맛에 한의사 하는 거지.

"여보, 세경이 눈이 보여! 여기 원장님이 고쳐주셨어!"

여자의 비명은 이제 핸드폰 통화로 옮겨가 있었다.

원장실에 묘한 흥분과 설렘이 가득했다. 윤도는 아기를 위한 처방을 내주었다. 겨우 정리가 된 망막의 기혈을 돋기 위한 약재였다. 다행히 진경태가 가져온 대물 약재도 있었다. 윤도가 평양에 가 있는 동안 진경태는 종일과 함께 남해의 섬들을 돌았다. 사람의 손길이 멈춘 그곳에서 자연의 지기를 고스란히 받은 대물 약재들을 가져왔다. 그는 역시 약초의 달인이었다.

정나현으로 하여금 제값을 매기게 한 후 금액을 입금시켰다. 진경태가 펄쩍 뛰었지만 그렇다고 해도 윤도에게는 큰 이익이었다. 돈을 주고 살 수 없는 약성의 약재였다.

"원장님."

밖에 나갔다가 들어온 여자가 윤도를 바라보았다. 그녀의 입이 귀에 걸려 내려오지 않았다.

"말씀하세요."

"방금 아기 아빠랑 상의했는데……"

여자가 작은 쇼핑백을 내놓았다.

"이게 뭐죠?"

"우리 세경이 치료비예요."

"치료비라고요?"

윤도가 쇼핑백을 열었다. 안에는 5만 원 권 다발이 빼곡하게 들어 있었다.

"어머니……"

놀란 윤도가 고개를 들었다.

"우리 세경이 눈을 이렇게 만든 병원에서 받은 배상금이에요. 은행에 넣어둔 걸 이자까지 다 찾아왔어요."

"그런데 이걸 왜?"

"아기 아빠랑 제 생각이 그래요. 우리가 원한 건 아가의 시력이지 돈이 아니었어요. 그 병원에서도 아가를 고쳐주었더라면 돈은 한 푼도 요구하지 않았을 거예요. 그런데 이제 세경이 시력이 돌아왔잖아요. 그러니 그 돈은 선생님에 드리는 게 맞는 거 같아요."

"아닙니다. 이건 너무 많습니다."

윤도가 세차게 고개를 저었다. 쇼핑백 속의 돈은 얼핏 봐도 1억 원가량 되었기 때문이다.

"아뇨. 꼭 받아주세요. 저는 이 돈 가지고 있으면 우리 세경이 눈에 또 이상이 생길까 봐 무서워요. 그러니 이 돈은 치료비로 받아주시고 대신 약이나 좋은 걸로 부탁드려요."

"어머니……."

"이렇게 부탁합니다. 우리 세경이… 어디 가서 눈을 고칠 수 있겠어요. 저희가 미국의 병원까지 다 알아봤는데 억만금을 준다고 해도 고칠 수 없다고 했어요. 저희는 실제로 선생님이 몇 억을 달라고 하면 전세금 빼고 신장이라도 팔아서 드릴 생각이었어요."

전세금에 신장이라도.

그 말이 또 윤도의 심금이 울었다. 이게 부모였다. 이게 중병을 앓는 보호자의 마음이었다.

"그러니 제발……."

"어머니."

"네?"

"제 말 잘 들으세요."

윤도 목소리에 힘이 들어갔다. 대충 말해서는 들을 여자가 아니었다. 그녀는 이미 마음의 결정을 내린 까닭이다.

"아기의 시력은 찾았지만 완벽하게 치료가 끝난 건 아닙니다. 신장과 심장, 간장을 보하는 탕제를 먹어야 합니다."

"……."

"그 약값은 물론 싸지 않습니다. 앞으로 장복해야 할 수도 있고요."

"······."

"그러니 서두르지 마시고 오늘 치료비와 탕제값만 내고 가세요. 치료비는 미리 받을 수 없거든요. 그러면 약효가 떨어집니다."

"선생님······."

"다른 거 다 차치하고 아기 눈 지켜야죠. 안 그래요?"

"선생님."

"애 이름이 세경이라고요? 얼른 데려가서 아빠 보여 드리세요. 아픈 데가 다 나을 거 같네요."

윤도가 아기의 볼을 문질렀다. 아기는 처음보다도 더 맑게 까르르 웃으며 반응했다. 정기가 들어온 미소는 아까보다도 탱글탱글했다. 이제는 정말 천사에 가까운 미소였다.

"고맙습니다! 고맙습니다!"

여자는 결국 윤도의 말에 따랐다. 거듭 인사를 하더니 운전대를 잡았다. 올라올 때는 한없이 비장했을 여자, 갈 때는 가뿐하게 핸들을 잡았다. 먼 길을 가는 그녀를 위해 피로를 더는 장침까지 놓아준 윤도였다.

부릉!

차가 도로로 나가자 윤도의 등 뒤에서 박수 소리가 들렸다. 정나현과 승주 등 직원들이었다. 대기실에서 대기하던 환자들도 동참했다.

짝짝짝!

박수 소리에 아기의 웃음소리가 겹쳐왔다.

까르르!

그래, 그 웃음 잃지 말고 건강하게 자라렴.

윤도가 중얼거렸다.

펑!

순간 카메라 셔터가 터졌다. 윤도가 돌아보자 TBS 성수혁 차장이 눈이 들어왔다.

"보기 좋은데요?"

언제 왔을까? 성수혁이 다가왔다.

"여긴……."

"실은 저도 조금 전에 나간 환자와 같이 올라왔습니다."

"예?"

뜻밖의 말에 윤도가 고개를 들었다.

"청송병원에서 감지했거든요. 뉴스감이다 싶어서 저분 차를 쫓아왔지요."

"허얼."

"저 아기, 신생아 망막 질환이었죠?"

"그렇습니다만……."

"살면서 느끼는 건데 확실히 옛날 말 틀린 거 없다니까요. 우리 할머니 말씀이 병은 자랑하라고 하셨는데 그게 이런 경우겠지요. 혼자 끙끙거리는 것보다 남들에게 알리면 치료법을 알게 되는……."

"예……."

"진짜 대단하십니다. 닥터 손석구에게 빛을 준 것만 해도 대단한데 모든 병원이 포기한 아기에게 시력을 찾아주다니……."

"제가 아니어도 누군가는 했을 겁니다."

"그럴지도 모르죠. 좁고도 넓은 대한민국에 선생님처럼 굉장한 의술을 가진 사람이 없으리란 법은 없으니까요."

"……."

"하지만 제 판단으로는 없습니다."

"그 말씀 하려고 여기까지 쫓아오신 건 아니죠?"

"실은 이 건이 저를 당겼어요. 그래서 따라오게 되었죠. 요즘 세상, 기자라면 다들 기레기라고 쓰레기 취급하지만 그래도 감은 있거든요."

"……."

"닥터 손석구를 시작으로 앞뒤 퍼즐을 맞추다 보니 재미난 그림이 나오더군요. 선생님의 2박 3일 중국행……."

"……."

"나갈 때는 별로 표시가 나지 않는데 들어올 때는 정보부 직원과 나란히 앉아 오셨더군요. 우연일까요?"

"……."

"하핫, 긴장하실 거 없습니다. 선생님 뒷조사를 하려는 게 아니라 중국에서 또 어떤 불치병을 고치고 오셨을까 하는 궁금증일 뿐입니다."

"……."

"본론을 말씀드리면 제가 뉴스 특집 한번 꾸며보고 싶어서요."

"특집이라면……?"

"선생님의 침술과 탕약이 특별하다는 건 이제 저도 알고 있습니다. 하지만 아직 세상은 잘 모르고 있지요. 그러니 조금 더 널리 알려서 조금 전에 기적을 만난 아기처럼 더 많은 사람들에게 빛과 희망이 될 수 있으면 해서요."

"취재 요청입니까?"

"맞습니다. 하지만 선생님을 귀찮게 할 수는 없으니 이것만 허락하시면 됩니다."

성수혁이 들어 보인 건 소형 카메라였다.

"그건 몰카 아닙니까?"

"몰래 쓰면 몰카지만 공개적으로 쓰면 취재용이자 기록용이죠."

"……."

"진료실과 침구실에 설치를 허락해 주시면 됩니다. 작동은 선생님이 원하는 때에, 원하는 케이스에 하십시오. 환자 선택도 선생님 마음이고 질병 선택도 그렇습니다. 몇 케이스가 모이면 제가 편집해서 사용하겠습니다. 물론 뉴스 이외의 사적인 사용은 일체 없습니다."

"미안하지만 안 됩니다."

윤도가 잘라 말했다.

"선생님."

"방금 전 기레기 운운하시더니 이렇게 되면 연장선상이 됩니다. 몰카를 설치하고 촬영하는 건 환자의 의사에 반합니다. 그렇다고 제가 매번 매 환자의 동의를 구하게 되면 그 또한 갑질이 됩니다."

"갑질이라고요?"

"제게 오는 환자들은 절박합니다. 그러니 제가 제의하면 거부하기 어렵지요. 우월적 지위나 입장을 이용해 타인의 권익을 침해하는 것, 그게 바로 갑질 아닙니까? 목숨이나 건강을 담보로 하는 것이니 슈퍼 갑질이 되겠군요."

"……!"

"전에 도와주신 것도 있고 하니 취재를 원하신다면 도와드릴 수는 있습니다. 그러니 다른 방법을 찾아보세요."

"……."

"그럼 저는 환자가 밀려서 그만……."

윤도가 돌아섰다. 성수혁은 아야 소리 한번 못하고 당했다. 윤도가 백번 옳았다. 하지만 그의 입가에는 만족스러운 미소가 돌았다. 사실 이 제의는 그의 변죽이었다. 정신 줄 제대로 박힌 의사라면 수락할 일이 아니었다. 나아가 성수혁은 공식 대안을 얻었다.

다른 방법.

성수혁은 애당초 그걸 가지고 있었다. 그러니 그가 원하는 결과를 우회적으로 얻은 셈이다.

'역시 매력적이란 말이지.'

성수혁은 고개를 끄덕이며 차에 올랐다.

부릉!

시동을 걸고 나가던 성수혁은 인도 쪽에서 갑자기 들이대는 사람으로 인해 화들짝 놀라며 브레이크를 밟았다.

"이봐! 당신 미쳤어?"

놀란 성수혁이 창을 내리고 외쳤다. 남자는 대답 대신 주머니에서 소주병을 꺼내 들었다. 한 모금을 빨더니 성수혁의 차에 대고 뿜어버렸다.

"엿 같은 세상인데 좀 미치면 안 되나?"

빈정거림이 극에 달한 포스. 눈에서 광기를 뿜어대는 남자의 큰 주머니에서 고양이까지 튀어나왔다.

야옹!

고양이가 운전석 앞의 유리창을 긁어댔다.

'뭐야?'

성수혁은 어이가 없었다. 더 상대해 봐야 머리만 아플 거 같아 그대로 도로로 올라섰다.

야옹!

고양이는 차에서 내려와 남자에게 다가갔다. 남자의 시선이 한의원 현관으로 향했다.

일침한의원.

푸웁!

남자가 현관에 대고 소주를 뿜었다. 그런 다음 어슬렁어슬 렁 한의원을 향해 걸어갔다. 그였다. 나노 침통의 노숙자 노윤 병.

5. 고양이 명의

이날 일침한의원의 전화는 다시 대폭발을 했다. 손석구와의 일화가 매체를 본격적으로 타기 시작한 것이다. 손석구의 두 눈을 고친 한의사. 그 두 눈으로 절명 직전의 북한 병사를 살린 손석구. 둘은 따로, 혹은 함께 SNS와 유튜브의 화제로 떠올랐다. 동시에 실시간 검색어에서도 1, 2위를 다투며 오르락내리락했다.

녹내장.

황반변성.

두 질환에 대한 질문 전화만 수백 통이 넘었다. 홍보를 위해 만들어둔 홈페이지는 아예 마비가 되어버렸다. 부득 전화기를 내려놓도록 지시했다. 상담 환자들에게는 미안한 일이었지만 별수 없었다. 덕분에 연재와 승주, 정나현까지 정신 줄을 놓고 살았다.

"우리 원장님, 진짜 대단하시네요."

숯을 가져온 종일이 혀를 내둘렀다. 진경태는 참나무 숯으로 탕제를 달이고 있었다. 특별한 처방은 모두 옹기에 숯불을 쓰는 진경태였다.

"그럼, 진짜 한의사시지."

부채질을 멈춘 진경태가 푸근한 미소를 머금었다.

"고맙습니다, 선생님. 이런 데서 일할 기회를 주셔서……."

"나한테 고마우면 안 되지. 여기 주인은 원장님이니까."

"하지만 선생님이 아니었으면……."

"나 역시 원장님이 아니었으면 너를 보지 못했을지도 몰라."

"예?"

"나도 녹내장으로 한쪽 시력을 잃었었거든. 남은 한쪽도 위태로웠고."

"우워어, 그럼 선생님 눈도 원장님이?"

"그래."

"으아, 세상에 이런 일이……."

"솔직히 잘 믿기지 않지?"

"예……."

"맞아. 기적이라는 건 말이지, 남들에게는 그저 막연한 놀라움일 뿐이지. 하지만 당사자에게는 또 하나의 목숨을 부여받은 것 같은 벅참이야."

"그래서 선생님이 원장님에게 각별하시군요. 저는 원장님이 나이도 어린데 왜 그렇게 쩔쩔매시나 했어요."

"쩔쩔?"

"죄송합니다. 표현력이 거기까지밖에……."

"아니, 상관없다. 쩔쩔매면 어떨까? 너라면 네 눈에 빛을 준 사람에게 쩔쩔매지 않을 도리가 있겠냐? 그보다 더한 대우라도 마다하지 않게 될 거다. 게다가 나를 대한민국 최고 한약사로 대해주는데?"

"……."

"너, 강릉의 큰 한의원에서 일한 적이 있다고 했지?"

"예."

"어땠냐? 여기하고 비교해서."

"솔직히 여기하고는 비교가 안 돼요. 거긴 대개 허리나 관절염, 신경통 같은 환자뿐이었거든요. 그러면서도 걸핏하면 침하고 한약 때문에 민원도 들어오고……."

"그렇지. 우리 원장님은 말이다, 급이 달라요. 솔직히 한의사라고 다 같은 한의사가 아니지."

"저도 그건 느껴요. 거기서 일할 때는 누가 너네 한의원 좋으냐고 물으면 대답하지 못했는데 여기는 저절로 자랑하게 되니까요."

"바로 그거다. 우리 원장님은 진짜 한의사거든. 진맥만 하면 질병을 꿰뚫고 침 하나로 난치와 불치병을 다스린다. 게다가 한약재를 보는 눈은 나보다도 낫지."

"……"

"자, 알았으면 숯불 관리나 잘해라. 이게 아무것도 아닌 거 같아도 아주 중요한 거야. 은근하게 달이지 않고 서두르거나 불이 꺼지면 약성이 제대로 우러나지 않거든. 그렇게 되면 원장님 얼굴에 똥칠하게 되는 거야. 저렇게 열심인 분의 얼굴에 똥칠할 수야 없지."

"그럼요. 걱정 마시고 들어가 보세요."

종일이 진경태의 등을 밀었다.

그 시간 윤도는 만성 늑막염 환자를 보고 있었다. 늑막염도 만만치 않은 병이다. 늑막은 폐의 겉 표면과 안을 덮고 있는 얇은 막이다. 이 막에 염증이 생기면 늑막염으로 부른다. 주요 증상은 가슴 흉통이다.

인간은 숨을 쉬어야 한다. 흉통은 숨을 쉴 때마다 따라온다. 하루 종일 벗어날 수 없는 고질병이다. 그렇기에 호흡 곤란과 더불어 피로, 식은땀, 열, 식욕 저하 등을 동반하기도 한다. 치료는 교감신경 과항진, 항응고제 등을 쓰기도 하는데 시간이 오래 걸린다.

윤도는 대거혈을 잡았다. 폐렴과 늑막염은 냉(冷)에서 온다. 땅의 한기가 들어와 병이 된 것이다. 윤도의 진단으로는 대거로 들어간 사기가 기문을 찔렀다. 기문에서 폐를 통해 늑막으로 들어갔다. 그러므로 대거혈이었다. 대거는 대장의 병에 좋다. 설사, 변비, 장염 등에 효과적이나 폐렴과 늑막염 또한 특효 혈이다. 혈자리는 천추혈 쪽으로 바짝 당겨 잡았다. 배꼽을 중심으로 보면 활육문에도 가까웠다.

사락!

절반 가까이 넣고 환자를 돌아보았다.

"숨을 쉬어보세요."

"후우!"

"어때요?"

"조금 편한데요?"

"지금은요?"

침을 조금 더 넣었다.

"편해요."

그 말을 들으며 남은 침 끝을 다 밀어 넣었다. 그런 다음 침 끝을 돌렸다. 언제나 미세하다. 침은 시계 반대 방향으로 감겼다. 사기를 밀어내는 것이다. 침을 역으로 돌리면 하초의 기를 위로 올릴 수 있다. 하지만 중완혈에서는 신중해야 한다.

타이머를 세팅할 때 승주가 들어왔다.

"원장님……."

승주의 눈에 우려가 맺혀 있다. 눈치를 차린 윤도가 복도로 나왔다.

"그 사람이 왔어요."

"그 사람?"

"그 노숙자요."

"그래?"

"하지만 술에 취했어요. 고양이도 데리고 있고요."

"……."

"경찰 불러서 쫓아버릴까요?"

"아니야. 내 방으로 보내줘."

"원장님."

"괜찮다니까."

윤도는 승주를 안심시키고 침구실로 돌아왔다. 환자의 침을 뽑았다.

"자, 다시 해볼까요? 후우!"

윤도가 심호흡을 했다. 환자도 따라 했다.

"통증 어때요?"

"잠깐만요. 후우!"

환자는 몇 번이고 더 숨을 골랐다.

"이야, 이거 진짜… 이게 어떻게… 후우!"

환자는 믿기지 않는 표정이었다. 그도 그럴 것이 5년여를 끌어온 늑막통이었다. 그는 국제 농산물 딜러였다. 늘 시간에 쫓겨 살았다. 그래도 짬짬이 병원과 한의원을 다녔다. 그때마다 조금 가라앉다가 재발하는 늑막통이었다. 그런데 오늘은 호흡이 아주 시원했다. 짱짱하던 십 대 이후로 처음이었다.

"고맙습니다, 고맙습니다."

환자는 나갈 생각을 하지 않고 인사를 해댔다.

딸깍!

손을 닦은 윤도가 원장실로 들어섰다.

"김 샘, 그분 들여보내요."

인터폰을 통해 승주에게 지시를 내렸다. 수화기를 놓고 침통을 꺼냈다. 노숙자의 나노 침이 든 침통이다. 침통 옆에는 갓난아기의 눈에 시침한 나노 침들이 놓여 있었다. 사용 후 멸균하지 못했기에 침통에 넣을 수 없었다. 일단 창가에 올려두었다. 이제 저 주인이 들어올 것이다. 짧은 순간이지만 기분이 묘했다.

"원장님."

승주가 먼저 들어섰다. 그 어깨 뒤로 노윤병이 보였다. 승주는 여전히 걱정스러운 얼굴이었다.

"나가서 일봐요."

윤도가 승주를 내보냈다.

"진맥 좀 봐주쇼."

노윤병이 히죽 웃었다. 잘 씻지 않은 몸과 불뚝 튀어나온 광대뼈, 술에 절어 있는 옷에서 불결한 냄새가 났다. 게다가 옆구리에 끼고 있는 소주병과 고양이. 눈에 거슬리지 않을 수 없었다. 하지만 참았다. 이제는 그의 히스토리를 대략 아는 윤도. 나노 침에 대한 이야기를 알고 싶었다. 더불어 오장직자 침에 대한 것도.

"팔 주시죠."

윤도가 그 앞에 앉았다. 그러자 노숙자가 팔을 내밀었다. 그 자신의 것이 아니라 고양이의 팔이었다.

"……?"

"진맥!"

그가 잘라 말했다. 퀭한 광기가 서려 오싹한 느낌을 주었지만 장난은 아닌 것 같았다. 말하자면 기인의 기행 같은 느낌이랄까?

"노윤병 씨……."

윤도가 노숙자를 바라보았다.

"아아, 내 몸도 엉망이지만 얘가 더 엉망이라서……. 진짜 의술을 베푸는 한의사라면 시급한 생명부터 보는 게 순서 아 닌가?"

노윤병의 눈에서 광기가 튀었다. 북한 억양이 남은 말투 역 시 빡빡하기는 광기에 못지않았다.

"그건 공감하지만 여긴 동물병원이 아니라 사람을 치료하 는 곳입니다."

"아까 보니 갓난아기 치료한 거 같던데… 얘도 내 자식이나 다를 바 없거든."

"정 그러시면 여기서 내보낼 수밖에 없습니다."

"명침 명의라더니 자신이 없구만?"

"……?"

"그렇지 않아? 당신, 고양이 혈자리 잡을 능력이 없는 거 지?"

노윤병의 날 선 빈정거림이 날아왔다.

"노윤병 씨."

"젠장, 남한 종자들은 다 이렇다니까. 강한 척하지만 알고 보면 다 허깨비를 쓰고 있지. 진짜 명침 명의라면 고양이 혈자 리도 능란하게 다뤄야지."

"이봐요."

"아아, 그건 그렇고, 혹시 내 침통 못 봤소? 지난번에 여기 직원들이 슬쩍한 거 같은데……."

"말조심하세요. 슬쩍하다니요?"

"못 봤다는 거요?"

"노윤병 씨가 소란을 피우고 나간 후에 떨어져 있기에 보관은 하고 있습니다."

"그럼 경찰서에 맡겼어야지. 남한에서는 그런 거 그냥 가지고 있으면 경찰이 도둑놈 취급하던데, 아닌가?"

"……?"

"달리 말하면 당신, 내가 신고하면 걸리게 되겠군. 그 뭐라더라? 점유이탈물죄인지 나발인지."

"이봐요!"

"오라, 저기 있군, 내 침통."

고개를 주억거리던 노윤병이 창가의 침통을 발견했다. 그는 대뜸 일어나 창으로 걸었다.

"이런, 이제 보니 주인 허락도 없이 마구 만져댄 모양이군."

"……."

노윤병의 눈빛이 기세를 뿜었다. 허락 없이 쓴 것은 사실이니 할 말이 없었다.

"허락 없이 쓴 건 미안하게 생각합니다. 그 침에 적합한 환자가 오는 바람에……."

"당신이 이 침을 환자에게 썼다는 거요?"

"예, 몇 개……."

"그렇군. 침의 말단까지 다 넣었어. 게다가… 약침?"

노윤병은 놀랍게도 나노 침을 혀로 핥았다.

"맞습니다만."

"믿을 수 없군. 이 침을 찌를 수 있다니……."

"미안합니다."

"뭐, 미안할 거까지야……. 이렇게 되면 당신은 진짜 점유물 이탈 어쩌고 하는 죄목에 걸리는 건데?"

"……."

"좋수다. 나도 경찰서 좋아할 형편은 아니고… 그 대신 우리 나비나 좀 살려주시오. 저놈이 걸핏하면 저렇게 혼절을 하는 통에……."

노윤병이 테이블을 가리켰다. 고양이는 어느새 그 위에 뻗어 있었다.

"……."

윤도는 말문이 막혔다. 고양이는 경련까지 하고 있었다. 사람으로 치면 응급사태였다. 그러나 역시 고양이였다. 사람이라면 침 한두 방으로 해결할 수 있는 일. 하지만 그 대상은 사람이 아니라 고양이다.

"안 됩니까? 그렇다면 당신은 명의도 아니고… 이 침을 쓴 것도 아니지. 죄다 거짓부렁이라는 건데……."

'고양이…….'

윤도의 시선이 노윤병과 고양이를 번갈아 훑었다. 노윤병의 옵션 때문이 아니었다. 고양이가 돌연 경련을 하니 한의사로서 생명에 대한 경외감이 발동한 것이다.

일단 고양이 맥을 잡았다. 털 때문에 잘 잡히지 않았다. 목으로 가도 크게 다르지 않았다. 사람과 다른 피부, 그 피부 위에 옷처럼 둘러진 털, 동시에 너무 작은 몸집. 큰 개처럼 덩치라도 있다면 엎드리게 한 후 혈자리를 찾을 수 있겠지만 이건 그쪽이 아니었다.

하지만 고양이나 개도 분명 혈자리는 있다. 실제로 개에게도 뜸을 뜬다. 마의(馬醫)는 어떤가? 말 치료를 체계적으로 하는 침술은 사람의 그것에 못지않게 전해올 정도였다.

윤도는 일단 호침을 뽑았다. 가장 안전한 발바닥을 찔렀다. 첫 침에는 아무 감이 오지 않았다. 헛발질이었다. 하지만 두 번째 침에서 감이 왔다. 사람으로 치면 심포구혈을 적중한 것이다.

'오케이!'

손끝으로 환호의 전율이 전해왔다. 어디든 하나만 적중하면 나머지의 파악은 문제가 없었다. 게다가 의식불명이라면 용천혈이 특효 혈이었다. 심포구혈을 기준으로 조금 위쪽에 자리한 용천혈 자리를 잡아냈다. 이번에는 장침을 넣었다. 고양이를 봐서는 호침이 좋지만 손에 익은 장침이다. 게다가 고

양이의 발바닥이 두툼하니 강력한 침감을 위해서도 장침이
좋았다.

하지만 그건 윤도의 희망 사항이었다. 용천혈을 확보하고
침감을 조절했지만 고양이의 경련은 멈추지 않았다.

"……!"

윤도의 등골이 서늘해졌다. 노윤병의 시선 때문이다. 그는
분명 즐기고 있었다. 마치 그 자신은 고양이의 혈자리를 모두
꿰고 있다는 듯.

'좋아!'

슬슬 오기가 발동했다. 노윤병은 북한의 침술 영웅 차상광
에게 침술을 배운 사람. 비록 내침을 당했다지만 오장직자침
등의 비법을 옆에서 본 사람이다.

깨달은 게 있기에 나노 침까지 만들었다. 그러나 그 뿌리는
바로 기도환. 여기는 그 기도환이 의술을 베풀던 일침한의원
본당이었다.

'안방에서 나그네에게 밀릴 수는 없지. 고양이든 개든 모두
혈자리의 문제.'

윤도가 호흡을 골랐다. 죽은 게 아니라면 깨우는 방법은 있
었다. 다시 호침을 잡고 전체 혈자리 파악에 들어갔다. 윤도
가 머리에 그리는 건 사관혈과 백회혈이었다. 작은 고양이라
가죽을 고려했다. 인간으로 치면 두툼한 피부를 가진 사람.

피부의 두께 때문에 혈자리가 비낄 가능성이 높았다. 해서 아예 가죽을 제쳐놓았다. 골격을 중심으로 혈자리를 복기한 것이다.

그러다 알게 되었다. 이 고양이의 혈자리는 특이했다. 독맥과 낙맥이 사람처럼 이어지는 게 아니라 불규칙한 S 자 형태를 취했다. 그렇기에 사관혈에 꼽히는 합곡과 태충혈도 그런 형태로 비껴 자리하고 있었다.

그 백미는 백회혈이었다. 이 고양이의 백회혈은 전정혈보다도 이마 쪽, 즉 사람으로 치면 신회혈 가까이 자리 잡고 있었다. 그러니 일반적인 백회혈 자리를 찌른다면 강간혈을 찌르는 꼴이 되는 것이다.

네 개의 장침이 사관혈로 들어갔다. 고양이는 꿈쩍도 하지 않았다. 마지막으로 신회혈 부근, 고양이에게는 백회가 될 혈자리에 침을 넣었다. 아예 상성혈부터 백회혈까지 꿰뚫는 일침사혈의 침이었다. 그렇게 사관혈을 다스리고 용천혈까지 다스렸다. 보사를 거듭하며 기혈을 고르자 비로소 용천혈에서 반응이 올라왔다.

'휴우!'

안도하는 윤도였다.

시작 이후는 어렵지 않았다. 고양이의 체구는 작았으니 사람보다 반응이 빨랐다. 오래지 않아 기혈의 흐름이 잡힌 것이다.

야옹!

고양이가 눈을 떴다. 윤도가 장침을 발침했다. 고양이를 노윤병에게 돌려주었다. 고양이를 받은 노윤병이 피식 웃었다. 의미를 알 수 없는 미소였다.

"이제 당신 차례로군요."

윤도가 노윤병을 바라보았다.

"내 차례?"

"침대에 누우세요. 고양이 때문에 여기 온 건 아니겠지요?"

"술 취한 사람에게 침을 놓겠다?"

"원래는 금침 조건이지요. 하지만 지난번에 말하지 않았습니까? 명의라면 술하고 상관없이 침을 놓을 줄 알아야 한다고."

"……."

"차상광에게 그런 침술도 배웠습니까?"

"……!"

거기서 노윤병이 뒤집어졌다. 윤도의 입에서 차상광이라는 이름이 나온 것이다. 그 말은 곧 윤도가 노윤병에 대해 거의 모든 것을 알고 있다는 언질이기도 했다.

"당신이 차상광을 알아?"

예상대로 노윤병의 목소리가 높아졌다.

"본 적은 없습니다."

"그런데 어떻게?"

"그 아들을 보았죠. 차평재 한의사."

"말도 안 되는… 차평재는 북에서……."

"남북이 막혀 있지만 더러 오가기도 합니다. 당신이 북에서 내려온 것처럼. 북에서 들었습니다. 당신의 침통에 붙여진 그림… 오장직자침. 그리고 저 침갑의 내력……."

"……."

"실은 그 침갑은 나도 있거든요. 당신처럼 짝퉁은 아니지만."

윤도가 기도환의 진짜 침통을 들어 보였다.

"……!"

허를 찔린 노윤병. 이제는 그가 고양이처럼 경련하기 시작했다.

"안 누울 겁니까?"

윤도가 재차 닦아세우자 노윤병이 비실비실 진료 침대에 누웠다.

"엎드리세요."

"……?"

노윤병이 윤도를 바라보았다.

"그 붉은 얼굴, 술 때문이 아닙니다. 그 희끄무레한 반점 역시 술에 찌들거나 밥을 제때 못 챙겨 먹어 생긴 게 아닙니다.

심장과 신장 때문이죠."

"……?"

"요즘 정신 줄 놓고 살죠? 혈병도 있고요. 심장과 신장에 더불어 비장과 삼초수도 엉망입니다. 그러니 엎드려야죠."

노윤병이 한 번 더 자지러졌다.

불문 진단!

차상광에게서 본 신기였다. 눈으로만 보고 치료하던 차상광. 그가 현신한 듯한 느낌이 들었다. 노윤병은 맥없이 엎드렸다. 어느 틈에 윤도가 거부할 수 없는 거인처럼 보였다.

윤도의 장침이 들어가기 시작했다. 심수혈을 시작으로 삼초수까지 가지런히 꽂혔다. 오장직자침을 연구할 정도라면 이 혈자리를 모를 노윤병이 아니었다. 하지만 중은 제 머리를 깎지 못한다. 제아무리 유명한 명침 명의라고 해도 자기 등의 혈자리에 침을 놓을 수 없었다.

물론 그는 그 자리에 침을 맞았다. 흔적도 있었다. 다른 한의사를 찾아간 것이다. 하지만 만족스럽지 않았다. 조금, 아주 조금의 그 미세한 오차가 노윤병의 음양을 맞춰주지 못했다.

윤도는 달랐다. 딱 다섯 개의 장침으로 그의 만족도를 120%까지 끌어 올렸다. 그렇기에 노윤병은 매 장침이 들어갈 때마다 침의 경이를 느껴야 했다. 침선이 여기 있었다. 윤도의 장침 한 방, 한 방은 노윤병의 혈자리를 싱싱하게 돌려놓았다.

닫힌 물길은 열어 물을 채워주고 넘치는 물길은 길을 내어 물을 빼주었다. 노윤병이 머리에 그리던 보사였다. 더할 것도 덜할 것도 없는 완벽한 음양의 조화.

더구나 현재의 상황.

아침부터 병나발을 불어 적지 않은 알코올이 오른 상태. 그렇기에 웬만한 한의사라면 엄두도 못 낼 일이지만 윤도의 침은 그 금침의 조건조차 상쇄해 가며 이룬 결과였다.

'이 사람……'

노윤병은 눈을 감았다. 그 눈에 윤도의 진짜 침갑이 떠올랐다. 스스로에게는 스승이지만 스승에게는 무뢰한으로 새겨진 노윤병. 그가 스승으로 여기던 차상광이 지니고 있던 침갑과 거의 같은 침통. 그것만으로도 노윤병은 까마득히 무너지고 있었다. 과연 그 침갑의 소유자들은 달랐던 것이다.

"끝났습니다."

윤도가 발침을 끝냈다. 새로운 기혈의 조화가 안정화를 이룬 시간이었다. 그 또한 더하지도 덜하지도 않았다.

"선생!"

진료대에서 내려온 그가 무릎을 꿇었다.

"왜 이러십니까?"

"용서하시오. 내가 삐뚤어진 마음으로 선생을 시험하고 농락했소. 내가 북에서 내려와 보니 남의 침술은 장난질에 불과했소. 제대로 침을 찌르는 사람이 거의 없었다는 뜻이오. 그런 차에 선생이 명침이라기에 보나마나 뻔한 침쟁이로 생각하고……."

"한 수 가르쳐 주러 오셨군요?"

"솔직히 말하면……."

"그럼 가르쳐 주십시오."

"……?"

노윤병이 고개를 들었다. 그저 한번 해본 말이었다. 어차피 윤도의 그릇을 확인한 노윤병. 차마 쳐다보기 어려운 침술을 가진 그가 빈정거리는 것이 아니라 진심이었다.

달랐다.

다른 한의사들은 핏대부터 올렸다. 면허부터 운운했다. 결론적으로 말하자면 그들은 노윤병을 쓰레기 취급했다. 그때마다 노윤병은 신기의 침술을 증명하며 그들의 콧대를 뭉개주었다. 때로는 고양이를 썼고 때로는 직접 자침해서라도 그랬다.

그런데 이 한의사, 겸허하기까지 했다. 지금까지 그 누구도 응하지 못한 고양이를 깨우고, 자신의 오랜 지병까지 단숨에 해결한 신묘한 능력자. 그런 그가…….

"선생……."

"농담 아닙니다. 만약 거부하면 치료비 많이 청구할 겁니다. 미안하지만 선생님, 돈 없으시죠?"

"······"

"아직 술이 다 깨지 않았을 테니 옆 침구실을 비워 드리겠습니다. 거기서 한숨 자고 나면 제 진료도 끝날 겁니다. 그때 지도를 부탁드립니다."

"······"

"김 샘, 이분 3호실로 모셔요."

윤도가 승주를 불렀다. 이미 압도된 노윤병은 고양이를 안은 채 승주에게 이끌려 나갔다.

야옹!

주인 대신 고양이가 윤도를 돌아보며 울었다.

오늘의 라스트는 내년 메이저리그 진출을 노리고 있는 유명한 야구 선수 나황모였다. 윤도도 그의 팬이다. 최근 메이저리그 사무국에서 신분 조회를 요청해 왔다는 기사가 났을 정도이다. 그는 올해 커리어 하이를 찍었다. 무려 14승 9패의 호성적을 올린 것이다. 그가 매니저와 함께 원장실로 들어왔다.

"명의를 뵙게 되어 영광입니다."

매니저가 나서며 분위기를 잡았다. 명함이 건너왔다. 매니지먼트 회사 명함이었다.

"제가 영광이죠. 저도 나황모 선수 좋아하거든요."

윤도도 호감을 밝혔다.

"실은 우리 나 선수가 메이저리그 진출을 모색하고 있습니다. 여러 구단에서 오퍼가 들어와 있어 메이저로 가는 건 기정사실이고 문제는 계약 조건인데……."

매니저는 잠시 숨을 고르고 말을 이었다.

"나 선수가 약간의 문제가 있습니다."

"문제라면?"

"다름이 아니고 최근에 몸이 안 좋아서 건강식품과 한약재를 먹었는데 이게 아무래도 메이저 구단에서 시빗거리가 될 수도 있어서……."

"어떤 시비 말이죠?"

"도핑 테스트 말입니다. 메이저 쪽은 우리보다 약물에 대한 규제가 엄격하거든요."

"건강식품과 한약재라면 문제가 있겠습니까? 한약이야 물론 정식 한의원에서 받으셨을 테고……."

"그렇기는 한데 만에 하나… 그래서… 선생님이 해독침도 잘 놓는다기에……."

"혹시 모를 일이니 몸 안의 독소를 쭉 빼달라는 말씀이군요?"

"맞습니다. 역시 한 번에 알아들으시는군요. 괜한 시비에 휘말리면 국가의 손해 아닙니까? 나 선수 정도면 수백, 수천만 불의 외화를 벌어들일 수 있는데."

매니저가 반색을 했다. 그 반색이 윤도에게 거슬렸다. 왠지 느끼하고 비즈니스 냄새가 밴 행동이었다.

도핑 테스트.

한 선수의 인생을 끝장낼 수도 있는 사안이다. 윤도는 유명 수영 선수의 일화를 기억하고 있었다. 그렇기에 한의사는 운동선수를 치료할 때는 도핑 금지 약품 목록까지 고려해야 했다. 그런 약을 먹었다면 굳이 걱정할 필요가 없는 일이었다.

"일단 진맥부터 좀 볼까요?"

나황모를 진료대에 눕혔다. 워낙 덩치가 좋아 진료대가 좁을 지경이다. 맥을 잡았다.

"……!"

단 한 번의 맥으로 윤도의 정신이 벌떡 일어났다. 나황모의 진맥은 활성이 넘쳤다. 이건 일반적인 맥이 아니었다. 숨을 고르고 한 번 더 체크했다. 심장의 기혈이 달랐다. 윤도가 손목을 놓았다.

"죄송하지만 나 선수에게는 해줄 게 없습니다."

윤도의 선언에는 주저함이 없었다.

"선생님!"

매니저가 다가섰다.

"침을 놓거나 탕제를 지어야 할 텐데 제 능력으로는 감이 오지 않습니다. 그러니 다른 곳으로 가보시기 바랍니다."

텅!

거기서 매니저가 가방을 열었다. 그는 그 안에 들어 있는 5만 원 권 뭉치를 다 꺼내놓았다. 스무 뭉치였다.

"다른 건 필요 없습니다. 그저 나 선수 몸 안의 독소만 시원하게 빼주십시오."

매니저가 1억을 밀어놓았다.

"저는 능력이 없습니다."

윤도가 재차 거절했다.

"이거 진료 거부하는 겁니까?"

"거부가 아니라 능력 부족이라는 겁니다. 큰 병원으로 가보세요."

"선생님!"

"김 샘, 이분들 나가십니다. 모셔주세요."

윤도가 인터폰을 당겼다. 곧이어 승주가 들어섰다. 놀란 매니저가 황급히 현금을 쓸어 담았다. 그런 다음 빈정거리며 원장실을 나갔다.

"아, 진짜… 누가 여기가 명의라고 소개한 거야? 개뿔도 아니구만."

"왜 저런데요?"

승주가 물었다.

"별거 아니야. 가서 업무 정리하고 퇴근해."

윤도가 승주를 내보냈다.

매니저는 주차장에서 어딘가로 전화를 하며 핏대를 올리고 있었다. 신경 쓰지 않았다. 그는 분명 금지 약물을 복용했다. 맥으로 보아 그 양도 많았다.

사연은 알 바 없었다. 하지만 금지된 약물을 쓴 건 선수의 도덕성과도 연관이 되는 문제였다. 그렇기에 메이저 구단의 피지컬 테스트를 앞두고 제 발이 저려 윤도를 찾아온 것이다. 물론 윤도가 축빈혈에 장침 한 방을 넣어 해독시켜 줄 수도 있었다. 그러나 나황모의 몸 상태로 보아 치료약으로 끼어들어 간 게 아니었다. 그런 경우까지 구제하고 싶은 마음은 없었다.

일과 마감.

윤도는 진료 화면을 마감하고 컴퓨터를 껐다. 옆 침구실로 가니 노윤병이 보이지 않았다.

"……?"

가버린 건가?

무심결에 창을 내려다보았다. 윤도의 시선이 거기에서 멈췄다.

야옹!

고양이였다.

고양이의 바다였다.

어디서 몰려왔을까? 뒤뜰은 온통 고양이로 붐비고 있었다. 담장 위에도, 나무 위에도 고양이가 보이지 않는 곳이 없었다.

"원장님."

진경태가 침구실로 들어왔다. 고양이 때문이었다. 노숙자 때문이었다.

"저 친구 말입니다."

"그냥 두세요."

속내를 아는 윤도가 먼저 말했다. 그길로 복도로 나와 뒤뜰에 섰다.

야옹!

노윤병이 처음에 데려온 고양이가 윤도를 바라보았다. 무리를 헤치고 다가오더니 두 발을 세우고 얌전히 앉았다. 노윤병은 침을 놓고 있었다. 여전히 고양이였다.

야옹!

"쉬잇!"

윤도가 앞의 고양이에게 주의를 주었다. 노윤병의 침이 고양이의 심장으로 들어갔다. 장침이었고 아주 깊었다. 다른 몇 군데 혈자리로도 침이 들어갔다. 고양이에게 놓는 침은 윤도 못지않게 간결하고 정확했다.

야옹.

늘어져 있던 고양이가 일어섰다. 꼬리를 세우자 노윤병이
이마를 쓰다듬었다. 고양이가 노윤병의 다리에 볼을 비볐다.
노윤병의 손이 또 다른 고양이 등가죽을 잡았다. 고양이는 얌
전했다. 다시 장침이 나왔다. 이번에는 간으로 들어갔다. 침을
잡은 손이 섬세하게 움직였다.

'오장직자침⋯⋯.'

윤도의 등골이 다시 한 번 오싹해지는 순간이었다. 윤도의
짐작이 맞았다. 그는 오장직자침을 놓을 수 있었다.

야옹.

침을 맞은 고양이의 눈에 생기가 돌았다. 그 고양이 역시
노윤병 옆에 얌전히 앉았다. 그는 무리 중에서 또 하나의 고
양이를 잡아 들었다. 이번에는 다리를 절뚝거리는 고양이였
다. 그 고양이도 노윤병의 장침을 맞고 다리를 절지 않았다.

"원장님!"

장침을 챙기던 노윤병은 그제야 윤도를 보고 일어섰다.

"계속하세요."

"아닙니다. 급한 놈들은 대충 보았습니다."

"방금 놓은 침⋯⋯."

간에 침을 맞은 고양이를 보며 윤도가 말을 이었다.

"그 그림 속의 침이죠?"

"⋯⋯."

"말하고 싶지 않으시면 하지 않아도 됩니다."

"솔직히 말씀드리자면⋯⋯."

노윤병은 고개를 숙이며 말꼬리를 붙여놓았다.

"흉내나 내는 정도입니다."

"흉내가 아닙니다."

"예?"

"제가 보기에는 오장직자침이 맞습니다."

"원장님이 그 침을 아십니까?"

노윤병의 시선이 또 한 번 뛰었다.

"처음에는 생각만 있었죠. 선생님 덕분에 알게 되었습니다."

"그 말은?"

"선생님이 떨구고 간 침갑 말입니다. 거기 비기가 적혀 있지 않았습니까?"

"그럼 그 그림만 보고?"

"그럴 리가요? 단순히 뭔가 비기가 있구나 하는 정도만 알았어요. 그게 인연이었는지 북에서 차상광과 차평재 부자를 만났고, 거기에서 그 침술을 깨닫게 되었습니다."

"⋯⋯."

노윤병이 의아하다는 표정을 지었다. 차상광 때문이다. 그는 이미 죽은 사람이니 윤도가 만날 수가 없었다.

"차평재는 병상에서, 차상광은 그분을 치료하다가 꿈결에 보았습니다."

"아……."

"바람결을 찌르듯… 그 말을 하시더군요. 어렴풋하던 제 침에 실체를 안겨주는 말씀이었습니다."

"당신은……."

일어서 있던 노윤병이 풀썩 주저앉았다.

"진정한 명침이로군요. 나는 그분 곁에서 보고 배워도 아직 익히지 못한 것을……."

노윤병의 눈에 허망함과 존경심이 번갈아 들락거리고 있었다.

"이제는 익히지 않았습니까?"

"아닙니다."

노윤병이 강하게 고개를 저었다. 그는 오장직자침을 놓은 고양이를 안아 들고서 말을 이었다.

"그저 고양이들에게 흉내만 낼 뿐."

"사람에게는 안 된단 말씀입니까?"

"예."

"……!"

윤도의 미간이 살포시 구겨졌다. 일리가 없는 말은 아니었다. 과거의 마의(馬醫)들이 그랬다. 마의는 말 의사이다. 그들 중에는 사람과 말을 공히 치료할 수 있는 사람들이 있었다.

조선의 유명한 침술가도 한때는 마의였다. 하지만 일부는 오직 말만 돌볼 수 있었다. 말과 사람의 차이를 극복하지 못한 것이다.

"……."

"……."

둘은 잠시 동안 침묵했다. 그사이에 고양이들이 하나둘 사라졌다. 이제는 단 한 마리의 고양이도 남지 않았다.

"안으로 들어가시죠."

윤도가 권했다. 언제까지 이렇게 선 채로 이야기를 나눌 수는 없었다.

원장실로 돌아와 차를 내주었다. 대화가 다시 이어졌다.

"차평재 선생을 치료하셨다고요?"

"예."

"소문으로는 산송장이라고 들었는데……."

"이제 다시 침을 잡을 수 있을 겁니다."

"하긴 원장님 실력이라면……."

"한국에서는 무얼 하고 있나요?"

윤도가 조심스레 물었다. 척 보면 나오는 노숙자 각. 그렇다고 '너 노숙자냐?' 하고 돌직구를 꽂을 수는 없는 일이었다.

"내 인생이 늘 이렇게 꼬이는 편이라… 큰마음 먹고 남한으로 왔지만 거지꼴을 면치 못하고 있지요."

"큰마음의 그림은 한의사였죠?"

"예……."

"북한에서 한의대를 다 마치지 못했다고 들었는데……."

"중퇴했습니다."

"사연을 들어도 될까요?"

"별거 없습니다. 졸업반 시절, 당 간부의 아들이 신입생으로 들어왔는데 하도 건방을 떨기에 혼꾸멍내 주었지요. 그게 문제가 되어 처벌을 받았습니다. 교수들도 한 사람만 빼고 그놈 편이라 더 다니기 힘들다고 생각해 그만두고 말았습니다."

"그 한 명이 차상광이었죠?"

"맞습니다."

"그때부터 그분 밑에서 침술을 배웠고요?"

"침을 갈고 예진을 하면서 보조를 했지요. 지금 생각하면 제 은인인데 그때는 피해의식뿐이어서 그분 역시 나를 진짜 제자로 여기는 건 아니라고 생각했어요. 침을 제대로 알려주지 않았거든요."

"오장직자침 말인가요?"

"여러 가지가 있죠."

"……."

"침술을 옆에서 보면 애가 타는데 스승은 늘 잔심부름과 체한 거, 삔 거 등의 소소한 침만 맡겼습니다. 결국 곁눈질로 몰래 배우는 수밖에 없었는데 스승은 또 그게 마음에 들지 않았던 것 같습니다."

"······."

"어느 날 친척에게 연락이 왔는데 아픈 노인이 있으니 정말 차상광의 제자라면 와서 침을 좀 놓아달라고 했어요. 징표를 가져오라기에 그분의 침갑을 들고 갔죠. 거기서 사례를 많이 받았습니다. 그런데 그게 오해가 되어 스승에게 내침을 당했습니다. 평소에도 제가 남한 일에 관심이 많다고 꾸짖음이 많던 분이었거든요."

"······."

"그분이 볼 때 저는 아직 그릇이 아닌데 남한의 화려함이나 젯밥에만 관심이 있다고 오해를 하신 거죠. 정작 저는 제 일천한 출신 성분 때문에 성분을 차별하지 않는 남한 사회를 동경한 거고 침술을 배우고자 하는 마음이 조급했을 뿐인데 말입니다."

노윤병의 미소가 쓸쓸하게 변했다. 그 대목이었다. 차평재가 말한 이런저런 이야기의 퍼즐이 맞아들어 가면서 윤도는 점점 겸허해졌다.

"한국에 와서는요? 공부를 계속하지 않았나요?"

"그게··· 막상 한국에 오니 여기서는 면허가 문제가 되더군요. 북에서는 제가 시골을 돌며 침을 놓아도 별문제가 없었는데 여기서는 무면허 침쟁이가 되는 거예요. 제가 평양에서 졸업반 때 그만두었는데 여기서는 대입 수능부터 다시 시작해야 한다고 하더군요. 남한 사회에 적응하기도 바쁜 데다 한의대는 학제도 길고 돈도 많이 들기에 엄두를 낼 수가 없었습니다."

"그렇군요."

"그게 또 하나의 좌절이 되어 탈북자들과 그 가족들 상대로 침술을 펼치다가 누군가 신고하는 통에 떠돌이 신세가 되었습니다. 그리고 지금은 서울역 등지에서 노숙자들 질환이나 돌봐주면서 이 신세로……."

"그럼 이 침은요?"

윤도가 나노 침을 가리켰다.

"그 침… 제 미련으로 남은 오장직자침을 위한 도구죠. 오장 안에 장침을 넣어 환부를 직접 다스리면 스승처럼 명침이 될 것 같은데 보통 장침으로는 자신이 없었어요. 그래서 제가 아이디어를 낸 거죠. 나노 크기라면 가능할까 싶어서……."

"직접 만드셨어요?"

"웬걸요. 실은 같이 노숙하던 사람 중에 그런 거 개발하던 과학자가 있었는데 사업 실패로 신장과 비장이 피폐했습니다. 그러니 자신감도 없고 의지도 약하기에 침으로 신과 비의 기혈을 올려주었지요. 용기가 난 그 친구가 미국 실리콘밸리 쪽으로 진출하면서 제게 선물로 보낸 겁니다. 제가 나노 침에 대해서 여러 번 설명을 했거든요."

"그랬군요. 그래서 그 침으로 오장직자침을 시도하게 되었군요?"

"예."

"성공하셨나요?"

"아뇨. 고양이에게는 성공했지만 사람은 결국……"

실패!

노윤병의 줄임말 속에 들어 있는 단어이다.

"서울역 노숙자들을 상대로 여러 번 도전해 보았습니다. 거긴 정말 병자들의 소굴이거든요. 웬만한 병 하나쯤 안 달고 사는 사람이 없으니… 암 환자도 많아서 시도를 했는데 자신이 없어요. 언제나 오장의 막 앞에서 멈추고 말았죠. 조금 더 집어넣으면 사람이 죽을 것 같았어요."

"그래서 연습 삼아 고양이를 찌른 거군요?"

"노숙 생활을 하다 보면 고양이만큼 많이 만나는 동물도 없으니까요."

"나쁘지 않습니다. 고양이에게는 적어도 명침 명의가 되었으니 남은 건 사람뿐이잖습니까?"

"사람……"

"북한은 몰라도 한국에서 한의사 노릇을 하려면 한의대를 나와 면허가 있어야 합니다. 아니면 무면허 의료 행위로 처벌을 받습니다."

"이제 알고 있습니다."

"만약 처음 월남했을 때 한의대에 가셨으면 지금쯤 굉장한 명의가 되어 있을 텐데요."

"핑계 같지만 탈북자들은… 그만한 경제력이 없습니다. 저도 그랬고요. 그저 가진 건 남한에 대한 동경과 꿈뿐이었죠."

"후원자가 아쉬웠군요?"

"그렇죠."

"그럼 지금이라도 후원자가 나오면 한의대에 가실 겁니까?"

"예?"

"선생님 나이가 50인가요?"

"만으로 48세입니다만……."

"그럼 진학하세요. 아직도 늦지 않았습니다."

"원장님……."

"그 침술… 한의대를 나오면 수많은 사람들에게 빛이 되겠지만 지금처럼 노숙자의 신분이라면 무면허 의료 행위가 될 뿐입니다. 병자에게 침을 놓고 돈을 받는다면 말입니다."

"늦었습니다. 제 나이 내일모레면 50……."

"한국에서는 말이죠, 55세에 9급 공무원에 도전하는 사람도 많습니다. 얼마 전에 강남의 한 구청에 발령받은 신입 공무원은 59세였어요. 딱 1년 후면 정년퇴직이지만 도전하신 거죠."

"59세?"

"한의대가 6년이니 선생님은 55세에 면허를 따겠군요. 간단히 말하면 6년 후부터 당당하게 침을 놓을 수 있는 겁니다. 진맥도, 탕제 처방도. 그걸 하려고 남한에 온 거 아닙니까?"

"……!"

"제가 한의대 쪽에 아는 분이 있습니다. 어쩌면 북한의 학제를 인정받아 편입할 수 있을지도 모릅니다. 그게 아니라고 해도 요즘은 탈북자 특례 입학도 있으니 길은 많습니다. 문제는 선생님의 결단이죠."

"원장님."

윤도의 말은 막은 노윤병이 대화를 이어나갔다.

"저 같은 놈에게 그런 제의를 해주니 눈물이 날 지경입니다. 남한에 와서 처음으로 침술가 대우를 제대로 받아보는군요. 하지만……."

"문제가 있으면 말씀해 보세요. 도울 수 있다면 돕겠습니다."

"그게… 제가 먹고살기 위해 침술을 하면서 돈을 받은 적이 있는데 신고가 들어가는 통에 기소중지자 신세입니다."

"……!"

"제 꼴이 한의대 가기 전에 감옥에 갈 판입니다. 그러니 말씀만 마음에 담아두겠습니다."

"……"

"남한 사회에 불만이 쌓이다 보니 원장님이 명침이라는 기사에 배알이 꼴렸습니다. 그래서 남한에 무슨 명침이 있나 싶어 깽판이나 한번 부리려는 참이었는데 이리 후하게 대해주시니……"

"……"

"술주정에… 무례함에… 진심으로 미안하게 생각합니다. 나노 침은… 저보다 원장님께 더 잘 어울릴 거 같으니 필요하면 두고 쓰시기 바랍니다. 그럼……"

노윤병이 자리를 털고 일어섰다.

대한민국.

다른 무엇도 아니고 꿈을 펼치기 위해 택한 자유의 나라. 그러나 그 자유에는 제도, 관습의 차이, 경제력이라는 높은 담이 있었다. 그 또한 노윤병에게는 만만한 담이 아니었다.

기소중지.

순간, 윤도의 머리에 떠오르는 한 사람이 있었다.

용천규 부장검사.

그러면 도움을 줄 수도 있을 것 같았다.

"잠깐만요."

노윤병을 눌러놓고 바로 전화를 걸었다. 용천규가 전화를 받았다. 노윤병의 사연을 전했다.

—탈북자에 기소중지?

"예, 이분이 북한에서 한의대를 중퇴하고 왔는데 노숙자들 돌보면서 더러 돈을 받고 시침을 한 게 문제가 되어 고발당한 모양입니다."

—이름이 뭐지?

"노윤병이라고 합니다. 나이는 만 48세고요."

—잠깐만, 노윤병이라……

핸드폰 너머로 자판 두드리는 소리가 들려왔다. 한 템포가 지나자 용 검사의 목소리가 흘러나왔다.

—찾았어. 기소중지자……

"죄송하지만 그거 해결 좀 안 될까요? 자수하면 선처해 준다든지……"

—채 선생과 지인이신가?

"여러 인연으로 얽힌 분입니다. 나이가 드셨지만 침술이 아까워 기소중지가 풀리면 본격 한의학 공부를 추천할까 해서요. 한의사가 되면 좋은 인술을 펼칠 분입니다."

—뭐 그런 취지라면 검찰청으로 같이 오시게. 보아하니 중범죄도 아니니 나도 채 선생 얼굴 한번 보고……

"정말입니까?"

─내가 채 선생을 뭐로 돕겠나? 무슨 큰 중죄인이나 파렴치범 봐달라는 것도 아니고… 약식 명령이나 소액 벌금으로 대체하도록 지시하지.

"고맙습니다, 검사님."

─언제 오시겠나?

"지금 가겠습니다. 괜찮으십니까?"

─하핫, 역시 일침즉쾌 정신이시군. 기다리고 있겠네.

용천규는 흔쾌히 대답하고 전화를 끊었다.

"선생님, 기소중지는 해결될 것 같습니다!"

윤도가 노윤병을 돌아보며 소리쳤다.

"정말입니까?"

"저랑 서울지검으로 가시죠. 거기 부장검사님인데 저랑 인연이 좀 있거든요. 같이 오면 선처해 주겠다고 약속하셨습니다."

"오, 천지신명님……."

노윤병의 입에서 안도의 한숨이 나왔다.

내친김에 장백교 박사에게도 전화를 했다. 편입까지 알아보려는 것이다. 그 역시 10분이 지나지 않아 낭보를 전해왔다. 지방의 진광대학에서 편입 허용에 장학금까지 제공하는 조건으로 승낙을 받았다는 소식이었다.

"원장님!"

노윤병이 감격으로 무너졌다. 기소중지 해결에 한의대 편입. 예기치도 못한 행운을 만난 것이다.

　"모자라는 학비는 제가 대드릴 테니 걱정 마시고 이제부터 차근차근 준비하세요. 시간 나면 저랑 침술 봉사도 함께 나가시고요."

　"원장님, 이 은혜를 무엇으로 갚습니까?"

　"면허를 딴 후에 인술 많이 베풀면 됩니다. 서울역에서 노숙자들 많이 도왔다고 하니 인술은 걱정하지 않아도 되겠네요."

　"원장님."

　"아, 가능하면 이 나노 침 좀 많이 만들어주세요. 성인은 상관없는데 갓난아기의 경우에는 오장직자를 할 때 나노 침이 유용할 것 같더군요. 비용은 정당하게 지불하겠습니다."

　"그거라면 걱정 마십시오. 미국으로 간 과학자가 언제든 말만 하라고 했습니다. 제가 자기 은인이라고 말입니다."

　"그리고 술 끊으셔야 합니다."

　"당연하죠. 제가 술 마시는 이유가 좌절감이었는데 이제 좌절할 이유가 없지 않습니까?"

　"그럼 이제부터 시작하시는 겁니다. 70세까지 하신다고 해도 졸업 후에 15년은 가능합니다. 그 정도면 그리 짧은 시간이 아니잖아요?"

"고맙습니다. 제게는 오늘이 진짜 탈북의 첫날 같습니다. 그때의 기운찬 정신으로 도전해 보겠습니다."

노윤병의 광대뼈 위로 눈물이 흘러내렸다. 고달프고 고달팠던 탈북 인생과 노숙자 생활. 그 인생에 나노 침처럼 가느다란 라인을 타고 행운이 들어왔다. 그 행운은 병든 인생에 오장직자침이 되었다. 그의 시름을 고쳐주었다.

자유와 꿈.

이제야 빛나는 두 개의 단어가 눈물 속에서 숭고하게 아롱져 갔다.

6. 중증 우울증을 깨라

"채 선생!"

용천규가 로비에서 윤도를 맞이했다. 옆에는 수사관이 있었다.

"퇴근 무렵에 죄송합니다."

"명의가 오시는데 퇴근이 문젠가?"

"아까 말씀드린 분입니다."

윤도가 노윤병을 소개했다. 노윤병이 용천규를 향해 꾸벅 고개를 숙였다.

"박 계장, 모시고 가서 처리해 주게나."

용천규가 대기 중인 수사관에게 지시했다. 노윤병은 수사관을 따라 복도를 걸어갔다.

"잠깐 시간 좀 되시겠나?"

"물론이죠."

"그럼 내 방으로 좀 가세."

용천규가 반대편을 가리켰다.

"드시게."

용천규는 손수 차를 내놓았다. 전 같으면 여직원이 들고 왔을 차. 이제 검찰청 안에도 권위주의가 많이 사라진 모양이다.

"하실 말씀이라도 있으십니까?"

윤도가 물었다.

"당연히 있지. 명의 만나기가 쉽나?"

"명의라는 말씀은 듣기 부담스럽습니다."

"그럼 명의를 명의라고 하지 뭐라고 하나?"

"검사님도 참……."

"솔직히 말하자면 부탁이 하나 있네."

"제가 할 수 있는 일입니까?"

"그건 나도 잘 모르네."

"말씀해 보시죠."

"혹시 말일세, 한방으로 중증 우울증도 고칠 수 있나?"

"우울증이라고요?"

윤도가 촉각을 세웠다.

"우리 지검장님 아들 일인데… 일단 대외비로 하세나. 나 초임 검사 시절에 모시던 분이라 나한테만 털어놓은 거라네. 해서 우리 검찰청 내에서도 아는 사람이 한둘일 정도야. 다음 총선에서 여당 영입 1순위라는 말까지 나도는 분이라……."

"예……."

"아들이 4대 독자인데 공부에 소질이 없는 눈치야. 하지만 아버지는 고등학교 월반에 서울대 수석 입학 출신, 고시 4관왕을 한 천재지. 아버지 후광에 스트레스 좀 받은 모양이야."

고시 4관왕.

윤도는 내심 혀를 내둘렀다. 사법고시에 행정고시, 외무고시, 입법고시까지 패스했다는 의미이다.

한마디로 SSS급 머리이니 인간이라기보다 인공지능, 즉 AI라고 보는 게 옳았다.

"미국에 가면 좀 나을까 싶어 조기 유학을 보냈는데 거기서도 간신히 졸업장이나 딴 거야. 그쪽에서 별다른 비전이 안 보이자 한국으로 불러왔는데 취직은 되지 않고 아버지의 기대는 높고… 어머니까지 몇 년 전에 폐암으로 세상을 뜨다 보니 부자 사이에 완충 막도 사라지고… 그렇게 스트레스를 받다가 우울증에 걸려 두 번이나 자살을 시도했다고 하더군."

"……!"

"큰 병원과 전문병원에서 치료도 받았는데 워낙 중증 우울
증이라 그런지 약이 잘 듣지를 않는다는군. 해서 이제는 아들
에 대한 기대를 접고 있는데 그게 말처럼 쉽지 않아서……."

"예……."

윤도가 고개를 끄덕였다.

우울증.

한국 사회에서는 내색하기 쉽지 않은 병이다. 사람들은 신
경정신과 가는 것조차 꺼린다. 혹시나 진료 사실이 알려질까
걱정하는 것이다. 그러나 진료 기록은 의료법으로 보호를 받
는다. 본인의 동의 없이 회사나 주변이 알게 되는 건 불가능했
다.

그럼에도 불구하고 한국 땅에서는 그 불가능이 깨지는 경
우가 많았다. 더 불가사의한 건 그 유출 경로조차 나오지 않
는다는 것.

"내가 채 선생 생각이 나서 추천하기는 했는데 한의학에 대
해 뭘 알겠나? 그런 것도 고칠 수 있겠나?"

"환자부터 봐야겠죠."

"내 말은… 지검장님께 괜한 희망을 줘서 마음만 더 아프
게 할까 봐 그러네. 눈치를 보니 전국의 명의라는 명의, 심지
어는 무속인까지도 불러본 눈치라… 상심이 커서 사석에서 노
래도 잘하던 양반이 싹 변했어. 늙어서 그런지 요즘은 가끔씩

가슴도 두드려 대고……."

"가능성이 없지는 않습니다. 일단 한번 만나게 해주십시오."

"고맙네. 그럼 지금 당장 지검장님 방으로 가세나."

용천규는 기다렸다는 듯이 일어섰다.

"이분이 채윤도 한의사입니다. 제가 말씀드린……."

지검장실에서 용천규가 윤도를 소개했다. 관보를 보던 지검
장 김정엽이 고개를 들었다. 관록이 서려 듬직한 어깨지만 눈
에는 시름이 가득해 보였다. 그나마 윤도를 올려다보던 시선
이 저절로 가라앉았다.

"용 부장."

"예, 지검장님."

"너무 애쓸 거 없네. 그냥 모셔가게."

그는 체념 모드다. 겪을 만큼 겪었다는 표정이다.

"지검장님."

"그냥 모르는 걸로 해주시게."

"우리 채 선생 나이 때문입니까?"

용천규가 돌직구를 날렸다.

"……?"

"그것 때문이라면 걱정 마십시오. 솔직히 저도 처음에는 믿
지 않았는데 채 선생의 침은 죽은 사람도 살리는 명침입니다.

전에 제가 말한 남해 바다의 심장마비 승객들 말입니다. 침 하나로 살린 게 이 채 선생입니다."

"……?"

"제가 말씀드리기에는 너무 많은 전설을 가지고 있으니 수고스럽겠지만 노트북으로 한번 검색해 보시지요."

"용 부장."

"검색해 보시고 마음에 안 들면 나가겠습니다."

용천규가 소파에 앉았다. 하늘 같은 지검장이지만 '부장검사'도 고스톱으로 딴 건 아니었다. 더구나 오랜 안면이 있으니 뚝심으로 미는 용천규였다. 지검장은 윤도를 바라본 후에 차분하게 자판을 두드렸다.

토독!

톡!

검색어에 이어 엔터키가 들어갔다. 화면에 주르륵 윤도의 기사가 떴다. 많았다. 정말 많았다. 기사 하나하나가 기적이지만 그 아래 댓글도 장난이 아니었다.

"신침?"

김정엽이 고개를 들었다.

"지검장님은 제게 하늘 같은 분이지만 여기 채윤도 선생도 그에 못지않습니다. 솔직히 말하면 지검장님, 운이 좋은 거지요."

"용 부장……."

"저 믿고 한번 맡겨보십시오. 제가 헛발이면 다시 지방으로 좌천시켜도 군말 않겠습니다."

"거긴 지긋지긋하다면서?"

"그만큼 자신이 있다는 겁니다."

"자신이라?"

김정엽이 윤도를 바라보았다. 윤기는 없지만 내공이 깊은 눈. 허튼 정치 검사 짓이나 해서 이룬 자리가 아니라는 반증이다.

"우리 아이……."

김정엽이 신중하게 입을 열었다.

"S병원과 SS병원, AS병원 전문가들도 포기한 초중증 우울증이오."

당신이 감당할 수 있어?

김정엽의 눈빛에 담긴 말이다.

"SS병원에서 손 못 대는 환자도 몇 살린 적이 있습니다."

윤도는 지검장의 질문 수위에 맞춰주었다.

"못난 놈이라 자살을 두 번이나 시도했소. 아니, 그건 공식적이고 내가 아는 것까지 합치면 네 번이오."

당신이 상상하는 것보다 더 심해.

지검장이 조금 더 질러갔다.

"그렇다면 장침 두 개 쓸 거 네 개를 쓰면 되겠지요."

"……."

"죄송하지만 진단은 환자를 보고 하는 것이지 보호자와 논쟁하는 게 아닙니다."

"허어!"

"기왕 보여주실 거면 빨리 허락하시죠. 실은 제가 밀린 환자들 때문에 준비할 게 많습니다."

윤도는 조금 빡세게 나갔다. 신침 명의 소리도 들었으니 오만하자는 뜻이 아니었다. 혼자 생각하고 혼자 판단하는 보호자. 그 벽을 깨려는 생각이다.

"지검장님!"

듣고 있던 용천규도 재촉의 지원 사격을 날려주었다.

"별수 없군. 자네 다시 짐 쌀 준비나 하게. 이번에 내려가면 아주 못 올라올 거야."

지검장의 입가로 짧은 미소가 스쳐갔다. 윤도의 뚝심에 손을 든 것이다.

부릉!

세 사람이 탄 차가 시동을 걸었다.

"여기가 내 집입니다."

퇴근 후, 지검장이 거실에서 말했다. 마당이 아담한 단독주

택이었다. 거실에서 보니 2층으로 올라가는 계단이 보였다. 정 감이 서린 나무 계단이었다. 그러고 보니 벽이 온통 편백나무 원목이었다. 피톤치드를 발생해 기분을 상쾌하게 만든다는 편백나무. 묻지 않아도 그 아들을 위한 방편임을 알 수 있었다.

"저 위에 내 아들이 있습니다. 계단 몇 개만 올라가면 되는 데 가는 길이 늘 천 리는 되지요."

김정엽의 미소는 텅 비어 보였다.

"이제 걱정 마시고 채 선생을 믿으시라니까요."

함께 온 용천규가 위로의 말을 건넸다.

"용 부장은 내 마음 모르네. 저놈은 이제 나를 남 보듯 하지만 내가 저 아이를 얼마나 아끼는 줄 아나? 자네가 동부지검으로 갔을 때만 해도 딸 바보가 아니라 아들 바보라고 소문 날 정도였다네."

"소문은 들었습니다."

"저 녀석, 중학교 들어갈 때까지 내 손을 잡고 다녔지. 초등학교 4학년까지 내 무릎에 앉았고. 내 아버지가 엄격했기에 나는 그러고 싶지 않았네. 친구처럼, 삼촌처럼 지내고 싶었고 실제로도 그랬네. 수사 중에도 쉬는 일요일이면 학교 운동장에 가서 농구나 축구를 같이 했으니까. 그때까지만 해도 공부를 곧잘 했는데… 학원 앞에 가면 저놈 이름 쓰인 현수막이 즐비했으니까."

지검장의 눈이 추억으로 깊었다.

사랑하는 자식.

그러나 이제는 회복 불가능의 중증 우울증에 걸린 자식.

권력도 돈도 있지만 아무것도 해줄 수 없는 아버지.

자괴감을 느끼지 않을 수 없는 상황이었다. 아니, 어쩌면 일
반인보다 더 심할 일이었다. 차라리 아무것도 없는 비렁뱅이
라면 소주 한잔 마시며 신세 한탄이나 하면 그만일 일이었다.

"젊은 놈이 무슨 우울증이라는 건지… 다 나약해 빠진 성
격 탓이지. 여기 이게 진단서들입니다."

진단 서류가 나왔다. 전부 코드 F로 시작하는 정신 장애 쪽
진단이었다. 그래도 다른 기능 수치는 크게 문제가 없었다. 간
기능, 신기능, 기타 등등…….

"지검장님!"

서류를 보는 것보다 지검장에게 먼저 말을 건넸다.

"예."

"방금 아드님이 나약한 성격이라고 하셨는데 우울증은 성
격과 관련된 게 아닙니다."

"그건 의학적인 판단이겠지만 내가 볼 때는 성격 탓입니다.
저놈은 매사에 자신감이 없어요."

"그렇다면 적극적이고 활발한 사람은 우울증에 걸리지 않
는다는 건가요?"

"예?"

"외향적인 사람도 우울증의 예외가 되지 못합니다. 아드님 같은 중증 우울증이라면 우울증 자체를 성격으로 착각하기도 하지요."

"……."

"우울증 환자가 우울증을 성격의 문제로 인지하게 되면 질병의 심각성에 대해 소극적이 되면서 스스로의 문제로 돌려버릴 수 있습니다. 성격 탓이다. 너 자신을 바꿔야 한다는 식의 말은 우울증 환자의 치료에 치명타가 됩니다."

"알겠소. 아무튼 잘 부탁합니다."

지검장이 본안을 비껴갔다. 윤도는 꾸벅 고갯짓으로 예를 갖췄다.

자박자박!

김정엽의 뒤를 따라 윤도가 걸었다. 지검장은 익숙하지만 낯선 걸음이었다. 2층 거실에 있던 가정부가 일어섰다. 아까 차를 주고 간 그 가정부였다. 테이블 위의 풍경을 보니 하루의 상당 시간을 여기서 머무는 눈치였다.

똑똑!

지검장이 방문을 두드렸다. 안에서는 아무 소리도 들리지 않았다.

"문 좀 열어라. 아빠다."

"……."

"이놈이 이렇습니다. 하루 24시간 밖으로 나오질 않아요."

김정엽은 한숨을 뿜어내며 말을 이었다.

"안 열면 아빠가 연다."

"……."

이어지는 말에도 반응이 없었다. 지검장은 익숙한 얼굴이었다. 열쇠를 꺼내더니 구멍에 넣었다.

딸깍!

문이 열렸다.

방 안에는 불이 꺼져 있었다. 아들도 보이지 않았다. 하지만 그건 윤도의 생각이었다. 아들은 거기 있었다. 침대 아래로 내려와 둥글게 몸을 만 채.

"불 켠다."

지검장의 목소리와 함께 방이 밝아졌다. 방 안은 놀랍도록 깨끗했다. 흐트러진 건 그저 침대에서 떨어진 베개뿐이었다. 그러나 여기저기 보이는 먼지. 그가 얼마나 철저하게 외부와 단절하고 사는지 알 것 같았다.

"일어나거라. 네 병 봐주려고 유명하신 한의사 선생님이 오셨어."

"……."

아들은 반응하지 않았다. 몸을 웅크린 채 그저 바닥만 보고 있었다. 지검장이 다가가 아들의 팔을 잡았다. 아들은 반강제로 일어섰다. 일어서는 발목이 눈을 차고 들어왔다. 토끼처럼 모아진 발목이다.

"......!"

윤도의 시선이 날카롭게 멈췄다. 우울증 외에도 질병이 있었다. 윤도의 시선이 아들의 복부로 향했다. 발목을 보는 것만으로 몇 가지 진단 정보를 얻은 것이다.

"약을 또 제대로 안 먹었네."

"......"

"얘가 이렇습니다. 그냥 두면 문 잠그고 아무것도 하지 않아요. 화장실 가는 거 외에는......."

지검장이 윤도를 돌아보았다.

"진맥 좀 보죠."

윤도가 다가섰다. 환자 앞에서 지검장을 돌아보았다. 나가 달라는 뜻이다.

"채 선생."

"괜찮습니다. 환자와 한의사인 걸요. 게다가 아드님은 성인이고요."

"......"

"정말 괜찮습니다."

"그럼 밖에 있겠소."

지검장은 두 걸음 밖의 거실로 나갔다.

탁!

문이 닫혔다.

"김경호 씨라고요. 난 채윤도라고 합니다. 가방 좀 내려놔도 될까요?"

문소리가 난 후에야 윤도가 물었다. 김경호는 여전히 침묵으로 답했다.

"잠깐 내려놓겠습니다."

한 번 더 체크하고 가방을 놓았다.

"김경호 씨, 이름 좋네요. 내가 좋아하는 락 발라드 가수도 김경호인데……."

"……."

"혹시 김경호 씨도 노래 잘해요?"

"……."

"진맥 좀 볼까요?"

"채… 윤… 도?"

윤도가 다가서자 김경호가 혼자 중얼거렸다. 오랫동안 입을 열지 않아 쉰 듯한 소리였다.

"맞습니다. 채윤도."

"그렇게 애쓸 거 없어요."

"예?"

"잠깐 있다가 그냥 가세요. 그래도 우리 아버지, 돈은 주실 겁니다."

"김경호 씨……."

"아무하고도 얘기하고 싶지 않아요."

김경호는 거기까지 말하고 침묵의 셔터를 내렸다. 얼굴은 무릎 속으로 더 깊이 숨었다. 침대 매트리스에 닿을 정도였다.

깊은 침묵.

환자의 우울증은 너무 깊은 곳까지 달려갔다. 그때까지 누구에게도 손을 내밀지 않았다. 그렇기에 지금은 그 누구의 손도 필요로 하지 않았다. 그 자신, 너무 늦었다고 생각하는 것이다.

"좋아요. 그럼 아예 까놓고 얘기할까요?"

윤도가 전략을 바꾸었다.

"……."

"김경호 씨, 미국에서 학교 다녔다면서요? 중고등학교 때부터."

"……."

"한국에서 유학 온 친구들 많았죠? 그 친구들 중에 우울증 앓는 사람 없었어요? 듣기로는 유학 생활도 만만치 않은 스트레스라고 하던데……."

"……."

"그때 누군가의 우울증을 상담하지 않았나요? 혹은 고민 상담으로라도."

"……."

"사실 나는 고등학생 때에도 친구의 우울증을 고쳐준 스펙이 있는 사람이에요. 그때는 잘 몰랐지만 한의학을 배우다 보니 그것도 하나의 방법이었더라고요. 어떻게 했는지 궁금하지 않아요?"

"……."

"팼어요. 미치도록."

"……."

"그 녀석은 맨날 자살만 생각하고 살았기 때문에 애들이 다들 포기하고 있었어요. 선생님은 몰라도 친구들은 알잖아요? 문제는 수행평가였어요. 이 친구 때문에 늘 점수가 바닥으로 나와요. 중간고사 성적표를 받아 들고 빡쳐서 하굣길에 미친 듯이 패주었죠. 그런데 어떻게 된 줄 아세요?"

"……."

"그 다음날 그 애 부모가 찾아왔어요. 아 씨, 영락없이 학교 폭력으로 엮이는구나 싶었는데… 어, 그 부모님이 고맙다고 인사를 해요."

"……?"

거기서 김경호의 눈빛이 살짝 흔들렸다. 감정의 기복이 왔다는 증거였다. 윤도는 그 틈새를 따라 이야기를 쑤셔 넣었다.

"부모님 말씀이 친구가 달라졌다는 거예요. 제 이름을 대면서 씩씩거리더니 자기만의 담을 조금씩 허물었다나요?"

"……"

"그런데 그게 왜 한의학적으로 하나의 방법이었냐고요? 왜냐면 분노가 극에 달하면 우울이 되는데 극단의 우울에서 분노로 돌아가게 했잖아요? 말하자면 우울이 분노보다 중증인데 병을 한 단계 낮춰준 셈이죠. 김경호 씨도 내가 좀 때려줄까요?"

"풋!"

듣고 있던 환자의 어깨가 들썩거렸다. 기도 안 막히는 일. 감정의 주머니가 잠시나마 열렸다 닫힌 것이다.

"슛!"

윤도가 환자 앞에서 허공을 후려쳤다. 그걸 본 환자가 결국 어이상실 웃음을 지었다. 이유야 어쨌든 웃음이었다.

"김경호 씨."

윤도가 바짝 다가섰다.

"……"

"나 귀찮죠?"

"알면 나가세요."

"절 내보내려는 이유는 단 하나죠? 어차피 내 병 못 고치니까 찌그러지셔."

"……."

"우리 이렇게 하면 어떨까요? 내가 침 딱 한 방만 놓죠. 그래서 김경호 씨 기분이 좋아지면 그때부터 본격 치료, 아니면 Get out!"

윤도가 문을 가리켰다.

"좋아요. 마음대로 하세요."

환자가 자포자기로 콜을 받았다.

"땡큐. 그럼 침대에 잠시 누워주시겠어요?"

"……?"

"침이라는 게 그냥 막 찌르는 게 아니거든요. 딱 한 방."

"후우!"

귀차니즘의 극단에 선 환자가 침대에 누웠다.

딱 한 방.

어디다 놓아야 할까? 침에 앞서 환자의 손을 잡았다. 삶을 체념한 환자였기에 뿌리치지는 않았다. 보다 빠르게 진맥을 했다. 환자는 '심허증'이었다. 한방에서는 우울증의 원인을 심허로 보았다. 심장이 허약한 상태를 말한다. 한문으로 心 자는 감정과 연관이 많다. 분노(憤怒), 원망(怨望), 나아가 우울(憂鬱)에도 이 심(心) 자가 어김없이 들어간다.

심장이 허약하기 때문이다. 심장의 기가 약하므로 의욕이 떨어지고 자신감이 가출을 한다. 김경호의 경우에도 전형적인 심허였다. 다만 그 정도가 몹시 심각할 뿐.

혈자리들의 반응도 빠르게 캐칭했다. 우울증에 특효 혈이 있다는 것은 그 특효 혈이 약해졌다는 의미이기도 했다.

"……?"

손을 놓다가 윤도의 시선이 멈췄다. 그의 손가락이었다. 굳은살이 보였다.

굳은살.

낯이 익었다. 윤도도 저 살이 생긴 적이 있다. 저 살은…….

'으음…….'

호기심은 잠시 접어두고 시침 준비를 했다.

'단 한 방…….'

사실 한의사가 먼저 딜을 해서는 안 될 조건이었다. 하지만 진료를 거부하는 환자이다 보니 어쩔 수 없는 선택. 일반적인 자침이라면 내관혈을 시작으로 노궁혈, 복류혈, 대돈혈 등으로 들어가면 된다. 그것도 아니면 신문혈과 합곡, 소해, 간사, 족삼리도 나쁘지 않았다. 다른 길로 독맥, 심포경락, 백회와 인당혈에서 승부를 내도 괜찮았다.

'심포경락의 내관혈…….'

윤도의 시선이 환자의 몸으로 갔다. 가장 약한 반응을 보인

혈이다. 하지만 바로 시선을 바꾸었다.

백회혈이었다.

머리의 백회혈.

윤도의 장침이 환자의 백회혈로 들어갔다. 왜 백회냐? 백 가지 혈이 모이므로 백회라고 말했다. 내관에 찌르면 심포경락의 조율에 유리하지만 백회라면 나머지 혈자리까지 조율할 수 있었다. 윤도라면 그랬다.

그렇다고 백회에서 치료를 끝내겠다는 건 아니었다. 초중증 우울증이라면 간단하게 생각할 일이 아니었다. 그러니 환자에게 딱 한 가지만 맛보일 생각이다.

이 세상.

네가 생각하는 것처럼 꿀꿀한 잿빛만은 아니라는 것.

장침의 맛처럼 상큼 시원한 사이다 맛도 있다는 것.

백회에서 정신을 바로 세웠다. 그건 원래 백회혈의 기능에 속했으니 어려울 게 없었다. 물 먹은 솜처럼 처진 정신에 기를 넣었다. 침이 시계 방향으로 돌아갔다. 허증이므로 보(補)을 위한 시침이었다.

사락!

사사락!

침은 정밀하게 돌았다. 사람의 눈에 거의 보이지 않을 정도의 움직임이었다. 하지만 환자 안에서는 달랐다. 그 미세한 보사에 따라 몸 안의 기가 요동을 치는 것이다. 물길이 열리고 닫히는 것이다.

욕심내지 않았다. 정신 하나만을 바로 세울 작정이다.

'열린다.'

손끝으로 저릿한 감이 올라왔다. 심허가 채워지면서 물길이 열리고 있었다. 그쯤 하고 인당혈을 조절하기 시작했다. 백회혈에서 멀지 않다.

미간의 인당혈이라면 생기를 불러일으키고 감정 조절이 가능한 혈자리였다. 일단은 주변의 기혈을 잡아끌었다. 몸은 아직 젊으니 심장으로 기혈을 살짝 집중한다고 해서 무너질 체력은 아니었다.

'여기⋯⋯.'

팟!

포인트가 나오자 반 바퀴쯤 돌린 장침을 그대로 밀어 넣었다.

"⋯⋯!"

환자의 눈동자가 커지는 게 보였다. 눈꺼풀에 힘이 들어온다는 건 늘어진 감정이 일어선다는 뜻이다.

"기분 어때요?"

침을 놓으며 물었다.

"⋯⋯"

"아마 좋아졌을 겁니다."

"……."

"솔직히 맛만 보여준 겁니다. 사관을 다 열고 제대로 시침하면 우울증, 잡을 수 있습니다."

"그럴지도 모르겠네요."

처음으로 환자의 추임새가 따라왔다. 그러나 그 뒤에 나온 말이 부정적이었다.

"침을 맞으니 머리와 가슴이 시원하고 가벼워요. 이런 기분은 참 오랜만입니다."

"그런데요?"

"그래도 나는 결국 다시 우울증으로 돌아갈 겁니다."

"압니다."

"안다고요?"

환자가 윤도를 돌아보았다.

"김경호 씨의 우울증은 육체적으로는 한의학적 진단 용어로 심허입니다. 심장의 기혈이 약해요. 그러니 육체는 심허를 조절하는 것으로 나을 수 있지요. 지금의 예처럼."

"……?"

"하지만 그 심허의 원인… 그걸 찾아야겠죠. 김경호 씨의 시린 심장 안에 든 진짜 원인."

"찾으면요?"

환자가 냉소를 뿜었다. 고마웠다. 우울증은 무관심이 무섭다. 희로애락도 없다. 매사에 무감각으로 가는 것이다. 그러니 냉소라도 나오는 건 긍정적인 사인이었다.

"해결해 줄게요."

"당신이요?"

환자가 고개를 들었다. 나이로는 윤도보다 고작 몇 살 어린 환자. 코웃음이 나올 만도 했다.

"만약 자신이 없다면 우울증 치료 시도도 하지 않았을 겁니다. 나도 솔직히 헛고생은 하기 싫거든요."

"풋!"

"김경호 씨."

"……?"

"노래하고 싶군요?"

윤도가 직구 하나를 던져놓았다. 그 말에 환자의 시선이 벼락처럼 튀었다. 마치 용수철 같았다. 이번에는 윤도가 상대하지 않았다. 윤도의 시선은 구석의 벽에 있었다. 그 벽에 낙서가 있었다. 오선지였다. 음표도 있었다. 환자가 손으로 그린 게 분명했다. 하지만 책장에는 노래나 음악에 관한 게 전혀 없었다.

그럼에도 불구하고 윤도는 확신 쪽으로 가고 있었다. 이 환자는 노래를 좋아한다. 기타를 좋아한다. 그건 손의 굳은살이 증거였다. 윤도도 경험이 있었다. 중고등학교 시절 공부에 스트레스가 있을 때마다 기타를 긁었다. 기타로 생기는 굳은살은 기타를 놓으면 사라진다. 그렇다면 환자는 최근까지도 기타를 쳤다는 이야기이다.

"아니면 기타를 치고 싶든지."

이제 윤도의 눈이 환자를 겨누었다. 정통이었다.

"……!"

김경호의 눈에 지진이 일었다. 우울증에 심장을 찔린 것만큼이나 속절없는 동공이었다.

"아버지에게 들었군요?"

김경호의 목소리에 감정이 들어갔다.

'좋아.'

혼자 쾌재를 부른 윤도가 판을 장악하기 위해 말을 이어나갔다.

"아뇨. 당신 손이 말해주었습니다."

"내 손?"

환자가 본인의 손을 바라보았다.

"그 정도 굳은살이면 몇 달 친 정도가 아닐걸요? 내 경험에 의하면……."

"당신도 기타를 쳤어요?"

"예. 중고등학교 시절이지만."

"……."

"아버님이 반대하시는군요? 혹시 그게 우울증의 발단입니까?"

이제 승부구가 날아갔다. 어차피 하나일 필요도 없는 승부구였다. 빗나가면 또 다른 승부구를 마련하면 되었다.

"……."

"그건 책장을 보고 생각해 봤습니다. 김경호 씨 손에는 기타의 처절한 상흔, 그런데 책장에는 기타는커녕 노래에 관한 책이 단 한 권도 없음. 이런 건 굉장히 드문 일이거든요."

"……."

"김경호 씨."

윤도가 김경호의 옆에 은근슬쩍 엉덩이를 붙이고 앉았다.

"의사들에게 실망한 거죠? 정신건강의학과와 한의원… 다들 우울증에만 매달리던가요?"

"풋!"

윤도의 질문에 환자가 또 웃었다.

"내가 실수했어요?"

"아뇨. 그 인간들은 우울증이고 나발이고 관심 없었어요. 다들 나를 탓할 뿐."

"김경호 씨를요?"

"그러더군요. 다 내 성격 탓 아니겠냐고. 홀홀 털어버리고 마인드를 긍정적으로 가지라고요. 그럼 우울증 같은 건 쉽게 극복할 수 있다고."

빌어먹을 의사.

그런 사람들을 만났다. 진료비를 공으로 먹은 것이다. 세상에는 그런 의사가 반드시 존재했다.

"그 사람들, 아마 로봇이었을 겁니다. 환자가 오면 기계적으로 답하도록 프로그램된⋯⋯."

"나도 의사라는 직업이 참 쉽다고 생각했어요."

"쉬울 수도 있고 어려울 수도 있죠. 김경호 씨처럼."

"나요?"

"그 우울증의 장벽 말이에요. 내 말이 맞는다면 내가 도와줄 수 있어요."

"내가 원하는 게 뭔 줄 알고요?"

"기타 치는 거 아닐까요?"

"⋯⋯!"

환자의 시선이 얼어붙었다. 이렇게 감정이 표출될 때마다 윤도의 기분이 올라갔다. 희미하지만 환자는 희로애락의 감정에 닿고 있었다. 중증 우울증 환자에게 있어서 그건 괄목할 만한 변화였다.

"거기까지 온 것만 해도 대단하네요. 아무튼 그냥 가세요. 당신은 다른 의사와 다르지만 이건 안 되는 거예요."

"왜 그렇게 단정하죠?"

"상대가 우리 아버지니까!"

"……"

"우리 아버지는 기타의 '기' 자도 못 꺼내게 하니까."

"집에 기타가 있어요?"

"없습니다. 보이기만 하면 아버지가 가져가서 없애 버리니까요."

"없앤다?"

"아마 박살을 냈을 거예요."

"잠깐 기다리세요."

윤도가 돌아섰다.

"이봐요."

환자가 윤도를 불러 세웠다.

"우리 아버지 설득하려는 거라면 그만두세요. 설득당할 분도 아니고 만약 설득된다면 내 우울증을 고치기 위한 임시방편일 뿐입니다. 다시 이전 환경이 되풀이되는 거 원치 않습니다. 그렇게 되면 우울증이고 나발이고 먼저 내 피가 마를 겁니다."

"그 피는 말라야 합니다."

윤도가 바로 반격타를 날렸다.

"뭐라고요?"

"당신의 우울증 시작, 기타였을 수 있지요. 꿈에 대한 아버지와의 의견 충돌일 수도 있지요. 하지만 그 기원은 또 다른 곳에 있습니다. 당신 부친의 지지가 나오면 나는 당신의 피를 새로 만들 겁니다. 온몸의 피를 갈무리하는 간이 아래로 처져 있거든요. 실은 그래서 당신 인생이 처지기 시작한 겁니다."

"……!"

"여기 간, Liver."

윤도의 손이 환자의 왼쪽 가슴을 짚었다.

"젠장, 간은 오른쪽에 있어요."

"그건 현대 해부학적인 견해입니다. 한의학적인 견해는 왼쪽 가슴이에요. 경락과 경혈 중심으로 보면 그렇거든요. 간이 병들면 왼쪽 가슴과 왼쪽 옆구리가 먼저 아프게 되니까요. 아마 당신도 그랬을 겁니다. 아닌가요?"

"……!"

"뭐, 그래도 안 믿기면 검색해 보고 계세요. 오래 걸리지는 않을 겁니다."

윤도가 문을 닫고 나갔다. 환자는 황망해져 닫힌 문을 바라보았다.

젊은 한의사 채윤도.

한의사 같지 않았다. 나이라고 해봐야 몇 살 차이. 그런 정도는 경호의 친구 중에도 있었다. 그런데 쿨했다. 너저분한 말을 늘어놓지도 않았고 팩트도 귀신처럼 짚어냈다. 경호는 자신의 옆구리를 만져보았다. 옆구리가 아픈 것, 그건 사실이었다. 중학교 1학년 때의 중간고사 이후였다. 다른 곳도 아팠다. 하지만 병원에 가면 이상이 없었다. 아픈 건 그저 경호의 느낌이었으니 귀신이 곡할 노릇이었다.

침대에 앉았다. 핸드폰이 보였다. 간에 대해 검색해 보았다. 간은 오른쪽에 있다. 인체에서 가장 큰 그랜드이다. 무게는 약 1.5kg 정도이다. 경호가 아는 상식대로였다. 하지만 한방적 견해는 윤도가 맞았다. 왼쪽이었다.

'옆구리······.'

다시 옆구리가 시큰하니 아파왔다. 검색어에 채윤도를 넣었다. 검색 결과가 좌라락 올라왔다.

그 시간 윤도는 1층 거실에 내려섰다. 지검장은 용천규와 함께였다.

"어떻습니까?"

뭔가를 보고 있던 김정엽이 윤도를 바라보았다.

"치료에 앞서서 미리 해결할 게 있어서요."

"치료는 가능합니까?"

"예!"

"맙소사! 그게 정말입니까?"

흥분한 김정엽이 벌떡 일어섰다.

"하지만 치료에 꼭 필요한 일이 생겼습니다."

"말씀하세요. 뭐든지……."

"기타입니다."

"기타?"

"예."

"저놈이 그 말을 하… 윽!"

돌연 고조되던 김정엽이 뒷목을 잡고 넘어갔다.

"지검장님!"

놀란 용천규가 그 뒤를 받쳤지만 김정엽은 기절한 후였다.

"119 부를게요."

가정부가 전화기를 잡았다.

"그냥 두세요. 여기 119보다 빠르고 안전한 분이 계시니."

용천규가 가정부를 막았다. 그사이에 윤도는 이미 지검장의 백회혈에 침을 넣고 있었다. 졸지에 들어온 사기를 밀어내자 늘어진 지검장의 몸에 탄력이 돌아오기 시작했다.

"으……."

"괜찮으십니까?"

용천규가 김정엽에게 물었다.

"괜찮네."

김정엽이 몸을 바로 세웠다.

"채 선생의 침으로 의식을 찾았습니다. 다른 불편한 데가 있으면 말씀하십시오."

"그놈이 기타 얘기를 해요?"

김정엽의 시선이 윤도에게 옮겨갔다.

"아뇨. 아드님은 그저 검사장님처럼 백회혈에 침을 한 대 맞았을 뿐입니다."

"그놈도 나처럼 기절을 했습니까?"

"아뇨. 우울증을 위한 기본 자침이었습니다."

"그런데 왜 기타를?"

"아드님의 우울증에 있어서는 기타가 제 장침보다 더 근본적인 치료가 될 수 있어서입니다."

"채 선생⋯⋯."

"맹세코 아드님이 조건 같은 걸 건 게 아닙니다. 그건 다른 병원의 경우를 봐서도 알 수 있겠죠. 지금까지 단 한 번이라도 아드님이 그런 조건을 건 적이 있습니까?"

"그러니 하는 말이오. 채 선생은 어떻게?"

"이런 거죠. 용 부장님이나 지검장님을 보면 어쩐지 검사의 냄새가 납니다. 저를 보시면 한의사의 느낌이 날 수도 있겠지요. 그게 켜켜이 쌓인 세월의 힘 아니겠습니까? 누군가 1만 시간의 법칙이라는 걸 말하던데, 오래 한 것들은 그 사람의 몸에 흔적으로 남는 법입니다. 아드님의 경우에 있어 기타가 손에 굳은살이라는 흔적으로 남았습니다. 그걸 보고 알았습니다."

"……!"

"저도 한때 기타를 쳤지요. 따라서 그 흔적은 한두 달의 것이 아니었는데… 방 안에는 기타의 흔적이 없더군요. 심지어는 음악 서적 비슷한 것도……."

"……."

"아까 그런 말씀 하셨죠? 젊은 놈이 무슨 우울증이냐고. 죄송한데 지검장님은 우울증에 대해 얼마나 알고 계십니까?"

"그, 그야……."

"우울증을 이르러 마음의 감기라고 부릅니다. 초기일 때는 그렇다고 쳐도 중증으로 발전하면 암이 됩니다. 이렇게 암 수준이 되면 젊은 놈이라고, 의지가 강하다고 해서 저절로 해결되는 경우가 아주 드뭅니다. 현대 의학으로 설명하자면 당뇨병처럼 호르몬 분비 등의 생화학적 문제로 감정 조절이 불가능해질 수 있거든요. 세로토닌, 도파닌, 노르에피네프린 등이 그것인데, 세로토닌의 농도가 감소하면 불안, 예민, 적개심, 우울, 자살 충동까지 유발합니다. 지금 아드님 앞에 놓인 상황입니다."

"……."

"한의학적 견해를 얹어 설명하자면 우울증은 심리적인 요인으로서 온몸의 경락과 기혈이 엉망인 상황입니다. 위에 말한 호르몬의 정상화를 위해 뇌 기능을 치료하고 생기를 보강해 울체를 풀어야 합니다. 우울은 음병(陰病)이니 양기가 필요한 곳에 집중 보충을 해야겠죠."

"……."

"우울증은 원인이 더 중요한 병입니다. 결과만 놓고 치료에 들어가면 완전한 치료가 어렵습니다. 아드님의 완전한 회복을 원한다면 도와주십시오. 제가 볼 때 이대로 두시면 올해를 넘기기도 어려울 수 있습니다."

"……."

"지검장님."

"후우, 기타라……."

"환자의 치료를 위해 그 사연도 좀 들었으면 합니다만……."

"기타……."

"……."

"아줌마, 물 좀 주세요."

지검장이 가정부를 향해 말했다. 그녀가 물을 가져오자 단숨에 비우고 숨을 골랐다.

"사필귀정이라더니 일이 이렇게 되나?"

"지검장님, 채 선생은 믿을 만합니다. 제가 보증하죠. 저는 자리를 비워 드릴 테니 채 선생 요청을 들어주십시오."

당부를 남긴 용천규가 거실을 나갔다.

"하긴 말하지 않을 수도 없구려. 그 사연이 나와야 아들 치료가 된다니……."

주저하던 지검장의 입이 열리기 시작했다.

지검장의 시선이 먼 과거로 달려갔다. 그가 중학교 때였다. 공부를 잘했다. 엄격한 아버지지만 큰 어려움 없이 살았다. 그러다 이웃에 고등학생 형이 이사를 왔다. 기타를 기가 막히게 잘 쳤다. 어린 마음에 그게 너무 멋져 보였다.

담배를 꼬나물고 기타를 치는 그 형의 모습. 그럴 때마다 넋을 놓고 바라보는 여학생들. 이제 막 사춘기에 접어든 김정엽에게는 좋아하는 여학생이 있었다. 단발머리의 그녀를 바라만 봐도 가슴이 뛰었다. 그녀의 눈길을 끌기 위해 기타를 배웠다. 이웃집 형처럼 이따금 담배도 꼬나물었다. 어머니가 야단을 쳤지만 아버지가 없을 때 주로 연습했다.

그러다 걸리고 말았다. 사업차 일본에 간다던 아버지가 그날로 돌아온 날이었다. 바람이 심해 여객선이 뜨지 못했는데 김정엽이 알 리 없었다.

그 여학생을 꼬드겨 방에 모셔놓고 담배를 꼬나물었다. 개폼을 다 잡으며 기타를 쳤다. 몰입하기 시작했다. 기타 음은 더 높아졌고 담배 연기는 방 안을 가득 채웠다.

그때 아버지가 방문을 열었다. 하필 어머니마저 시장에 간

시간이라 완충이 없었다.

"아버지!"

놀란 김정엽이 담배를, 기타를 떨어뜨렸다.

퉁!

기타가 떨어지며 깊은 소리를 냈다. 동시에 아버지도 그의
눈앞에서 넘어가고 있었다.

쿵!

소리는 좀 달랐다. 떨어진 기타는 공교롭게도 두 쪽으로 조
각나고 말았다. 그게 암시였을까? 가슴을 뜯으며 쓰러진 아버
지도 다시 일어나지 못했다. 심근경색이었지만 당시의 의술로
는 역부족이었다.

기타!

김정엽의 인생에서 영원한 트라우마가 되었다. 이후로 김정
엽을 기타 근처에도 가지 않았다. 심지어는 기타를 치는 가수
들조차 싫어했다. 아버지에 대한 죄책감이었다. 따라서 아들
김경호에게도 늘 주의를 주었다.

'기타는 절대 안 돼.'

그런데 아들이 기타를 들고 돌아왔다. 미국에서 돌아온 김
경호를 처음 만난 날, 김정엽이 가장 먼저 한 일은 그 짐 속의
기타를 꺼내 내다 버린 것이었다. 어쩌면 아들의 우울증이 시
작된 날이었다. 아들은 아버지를 닮은 셈이다. 죄가 될 수 없

었다. 유전자라는 것, 감추려야 감출 수 없는 것이었다.

"부전자전이군요."

사연을 들은 윤도가 잔잔하게 말했다.

"그렇군요."

"제 말은 세 분의 한의학적 견해를 말하는 겁니다."

"기타가 아니고요?"

"한의학적입니다. 아드님을 기준으로 말씀드리면 할아버지는 심허로 심근경색을 맞으셨고, 아드님 역시 심장의 심허로 우울증이 왔고, 아버지도 심허로 심장 안에 심각한 질환을 키우고 있으니까요. 그래서 아드님의 우울증은 다른 경우보다 더 심각합니다. 심허로 인해 심부전이라도 오면 다른 환자보다 사망률이 매우 높아질 수 있으니까요."

"방금 아버지라면 나?"

"그렇습니다."

윤도의 대답에는 주저가 없었다.

"채 선생!"

"조금 전 쓰러지셨을 때 진맥으로 알았습니다. 치료가 시급한 건 아드님뿐만 아니라 지검장님도 마찬가지입니다. 심혈관에 심각한 문제가 있습니다. 혹시 왼팔이 아프거나 턱 선을 따라 아찔한 통증이 오지 않습니까?"

"그걸 어떻게?"

"역시······."

"그렇잖아도 며칠 전에 벼르고 벼르다가 지인인 심장 전문의를 찾아갔다오. 내일 오전에 결과를 보기로 했는데······."

"지금 전화해 보세요. 지인 닥터라면 아마 결과를 미리 알려줄 수 있을 겁니다."

"······."

"기왕 저랑 시작한 일 아닙니까? 끝을 보셔야죠."

"끝······."

지검장이 핸드폰을 꺼내 들었다. 통화 버튼을 눌렀다.

"아, 양 박사. 나 김 지검장이야. 응, 퇴근했나? 그 검사 결과 말이야······."

통화하던 김정엽의 머리카락이 삐죽 솟구치는 게 보였다. 윤도의 말이 맞은 것이다.

"내일 당장에라도 수술 날짜 잡지 않으면 자다가 황천 갈 수 있다고? 알았네. 내, 내일 들르겠네."

지검장이 통화를 끝냈다. 핸드폰을 수습하는 손이 속절없이 떨렸다.

"관상동맥 쪽이죠? 원인은 심실의 빈맥이고요."

"······."

"아드님에게는 말하지 않았죠? 지검장님 몸이 좋지 않다는 사실."

"뭐, 그만한 일로……."

"내일 병원에서 수술 날짜 잡을 필요 없습니다."

"뭐라? 내 친구 말로는 위중하다고 하던데?"

"제가 지금 치료해 드릴 테니까요."

"채 선생……."

"대신 기타를 사오세요. 아드님과 지검장님 나란히 다시 태어나는 겁니다."

"……."

"아드님의 우울증 말입니다. 심허가 원인이지만 그전에 간허가 먼저 왔습니다. 아마 중학생 때 정도일 거 같은데……."

"간허라고요?"

"학생 때 배가 아픈 적이 있지 않았나요?"

"많았어요. 특히 시험 때를 중심으로……."

"간허 때문입니다. 그때까지 심허는 버틸 만했지만 간허가 먼저 왔죠. 간이 제자리보다 낮게 처지면서 생기는 현상입니다."

"그럼 그게 시험에 대한 부담으로 생긴 신경성이 아니라?"

"간허입니다. 지금도 아마 간간이 위장이 안 좋을 겁니다. 물론 이제는 우울증에 묻혀 고려의 대상도 아니겠지만요."

"맙소사, 병원에서도 한결같이 시험에 대한 부담에서 오는 신경성이라고 했는데……."

"심허와 간허를 다 다스리면 아드님은 초등학교 때의 멋진 모습으로 돌아갈 겁니다. 다만 지검장님의 바람대로 판검사나 의사가 되는 게 아니라 기타를 치겠지만요."

"간허라니… 그게 다 간 때문이었다니……."

김정엽의 시선에 회한이 스쳐갔다.

"어떻습니까? 둘 다 죽는 것보다 둘 다 사는 게 좋지 않을까요? 아드님이 비록 기타를 치는 인생을 산다고 해도 말입니다."

"채 선생……."

"한의사로서 지시합니다. 기타를 사오시고 자침을 받으세요. 그냥 두면 둘 다 위태로울 환자이니 약간의 강제성을 발동할 수밖에 없습니다. 하지만 기왕 닥칠 일이니 기꺼운 마음으로 치료를 받으시면 더 좋겠지요."

윤도의 말은 일방적인 통보에 가까웠다. 하지만 지검장은 그 말에 이끌려 일어서고 있었다. 상황을 장악한 윤도. 그의 말은 부드러웠지만 거부하기 어려운 힘이 가득했다.

"그리고… 그전에 지인 닥터께 전화하셔서 말입니다……."

부탁이 하나 더 이어졌다. 지검장은 끄덕 고갯짓으로 요청을 수락했다.

자박!

윤도가 걸음을 옮겼다. 이제 다시 2층이었다.

"풋!"

윤도의 말을 들은 김경호가 쓴웃음을 토했다. 한의사로서 윤도의 기분은 그만큼 더 좋아졌다. 냉소가 나와도 무관심보다는 나았다.

"믿기지 않나요?"

윤도가 물었다.

"당연하죠. 아버지가 기타를 가져온다고 해도 쇼예요. 그분의 관심은 앞날에 장애가 될 내 우울증이지 기타가 아니니까요."

"아버지에게 맺힌 게 많네요?"

"아버지 자체가 내게는 늘 벽이었습니다. 김정엽의 아들, 김 검사의 아들, 김 검사장의 아들, 천재의 아들……."

"그런 아버지의 인생은 항상 꽃길이었을까요?"

윤도의 시선이 책상의 알약 병으로 옮겨갔다. 산도스에스시탈로프람정, 알프람정 등 모두 우울증에 쓰이는 약이었다.

"고시 4관왕이십니다. 가는 곳마다 주인공이었겠지요. 검찰에서도 요직만 돌아다니셨고……."

"또요? 아버지에 대해 또 뭘 알죠?"

"완벽주의자!"

"건강도 그럴까요?"

"예?"

"할아버지가 어떻게 죽은 줄 아세요?"

"그야… 심근경색으로 돌아가셨다고…….''

"맞아요. 아버지와 경호 씨, 그리고 할아버지까지 합쳐 하나의 공통점이 있는데 그게 아마 심장의 심허일 겁니다. 가계가 다 심장 기력이 튼실하지 않아요."

"할아버지는 몰라도 우리 아버지는 아닙니다."

김경호가 각을 세웠다.

"그렇지 않아요."

윤도가 핸드폰을 내밀었다. 지검장의 심장 검사 결과표였다.

"……!"

진단 결과를 본 김경호가 휘청 흔들렸다.

"이거 진짜입니까?"

"그럼요. 어쩌면 당신 아버지, 그동안 돌연사하지 않은 게 행운일 정도로 심장이 좋지 않습니다."

"그, 그럴 리가…….''

"그게 부모예요. 자식보다 더 아파도 자식 앞에서 내색하지 않지요. 게다가 이건 비밀인데… 당신 아버지도 기타를 좋아해요."

"무, 무슨 말도 안 되는…….''

"혹시 아버지의 앨범이나 일기장 같은 게 있으면 가서 뒤져 보세요. 좋지 않은 짓이지만 아버지에 대해 오해하는 것보다는 낫지요. 아버지는 지금 잠깐 나가셨거든요."

"……?"

"어서요."

윤도가 다그치자 김경호가 주춤 일어섰다. 그는 아래층으로 내려가 아버지의 서재로 들어갔다. 거기 낡은 앨범이 있었다. 지금은 박물관에나 가야 볼 수 있는 접착식이었다. 첫 번째 것은 어머니와의 결혼식 이후의 사진이었다. 다음 앨범은 김경호만의 단독 앨범이었다. 아들의 성장 과정이 고스란히 담겨 있었다.

"……!"

그걸 보는 순간 김경호는 한 번 더 출렁거렸다.

앨범.

그건 정말이지 정성을 다해 정리되어 있었다. 사진마다 김정엽의 친필 메모도 빠지지 않았다.

세상에서 가장 사랑하는 경호의 아홉 번째 생일.

내 자랑스러운 경호의 첫 번째 100점 시험지.

우리 경호가 자주 다니던 학교 앞 문방구.

우리 경호가 아빠 엄마를 위해 만든 첫 번째 요리, 라면.

우리 경호가······.

우리 경호가······.

내 인생의 가장 큰 보물인······.

김경호는 앨범에 홀린 듯 넘기는 걸 멈추지 못했다. 약해진 몸은 척추부터 와들거렸다. 날짜순으로 정리된 앨범은 한 사람의 역사를 보는 듯했다. 미국에서 보내온 편지도 봉투째 보관되어 있었다. 그 봉투 끝은 언제나 단정하게 가위로 잘렸다. 김경호의 것이라면 편지조차도 정성을 다했음을 알 수 있는 증거였다.

그리고 그 맨 마지막······.

진단서가 보였다.

김경호의 우울증 최초 진단서였다. 진단서에는 눈물이 떨어져 아롱져 있었다. 많았다. 폭풍 눈물을 흘린 김정엽이었다.

그러나 그는 아버지였다. 60년대, 70년대를 살아온 아버지였다. 그때의 남자들 정서에 충실했다. 속마음을 숨긴 채 아들을 다그친 것이다.

'아버지······.'

김경호의 눈이 붉게 충혈되었다. 김경호는 아버지의 행동이 위선이라고 생각했다. 하지만 위선이라면 이렇게 마음을 담아 메모를 할 수 없었다.

젖은 눈으로 다른 앨범을 넘겼다. 이제는 아버지의 미혼 시절이었다. 기타가 나오는 사진은 없었다. 그러다 마지막 장을 넘길 때였다. 접착식 페이지가 팔랑거리며 사진이 떨어졌다. 원래는 두 장만 보이던 면. 그런데 떨어진 사진은 여섯 장이었다. 큰 것 두 장 뒤에 작은 사진들을 숨겨 붙인 것이다.

"……!"

여섯 장의 사진을 집어 든 김경호가 와들와들 떨었다. 한 장의 뒤집어진 사진 뒤에 쓰인 메모 때문이었다.

아버지의 말을 듣지 않아 아버지가 돌아가셨다.

나는 이제 영원히 기타를 치지 않을 것이다.

아버지 김정엽의 필체였다.

사진을 앞으로 돌렸다. 아버지의 얼굴이 나왔다. 기타를 치며 찍은 사진은 무려 넉 장이었다. 장면과 공간이 달랐다. 두 장은 중학생 아버지가 개폼을 잡은 것이고, 하나는 단발의 여자친구, 또 하나는 동네 형과 찍은 것이었다. 사진 속의 아버지 폼은 기타에 익숙해 보였다.

아버지의 비밀……

그 비밀의 씨줄을 잡게 된 김경호였다.

그러니까 윤도의 말이 맞았다. 메모로 미루어보아 할아버지

는 아버지 때문에 죽었다. 기타 때문에 죽었다. 그래서 아버지
는 기타를 싫어하게 되었다. 그게 기타만 보면 정색하는 이유
가 되었다.

'아버지……'

김경호가 무너졌다. 단 한 번도 기타에 대해 말하지 않은
아버지. 그 속에는 차마 말할 수 없는 사연이 깃들어 있던 것
이다.

와당, 쿵탕!

김경호의 팔에 걸린 앨범과 책이 무더기로 우르르 무너졌
다. 서둘러 책을 정리하려는 순간, 서재 문에 기척이 느껴졌
다. 김경호가 천천히 시선을 돌렸다. 기척의 주인공은 아버지
였다.

"……."

김경호는 본능적으로 동작을 멈췄다. 그리고 움츠렸다. 부
자 관계의 현주소였다.

저벅!

아버지가 다가와 사진을 집어 들었다. 기타 치는 그 사진이
었다. 순간 김경호의 세상이 슬로우비디오처럼 늦게 돌아가기
시작했다.

쫘악!

김경호의 뺨에서 불꽃이 튀었다. 이어서 폭풍 질타가 쏟아

진다.

너란 놈은, 너라는 녀석은 도무지…….

그런데 오늘은 아무런 일도 일어나지 않았다. 눈을 감고 있던 김경호가 눈을 떴다. 아버지는 사진을 보고 있었다. 기타 속의 자신에게 시선을 꽂은 채.

"봤냐?"

김정엽의 목소리가 나른했다.

"……."

"기타가 왜 좋았냐?"

"……."

"말하기 싫으면 안 해도 된다."

김정엽이 홀로 책을 챙기기 시작했다.

"그냥요."

푸른 혈관이 돋은 손 위로 김경호의 말이 내려앉았다. 김정엽이 아들을 돌아보았다.

"그냥 멋있어 보였어요."

거기서 김정엽의 시선이 멈췄다. 아버지는 아들을 우두커니 바라보며 한마디를 꺼내놓았다.

"나도 그랬다."

"진짜요?"

"문 앞에 기타 사다 놨다. 이제부터는 기타 쳐도 돼."

"진심인가요?"

"그래. 아무 옵션도 없다."

"아버지……."

"미안하다. 네가 초등학교 고학년 때부터 시험 때만 되면 배가 아프다고 했던 거……. 그때는 네가 심약해서 신경성인 줄 알았는데 알고 보니 그게 간이 약해서였다고……."

"아버지……."

"그때 그걸 고쳐줘야 했는데 엉뚱하게 남자답게 살라고 야단이나 치고……."

아버지의 손이 다시 책을 주섬주섬 챙겼다. 하지만 건성이라는 거, 아들은 알았다. 몇 권씩 모은 책들이 삐뚤빼뚤 쌓이고 있었기 때문이다.

"아버지 책임이 아니에요. 미국에서도 그런 일이 종종 있어서 병원에 갔는데 거기 의사들도 스트레스나 신경성이라고 했거든요."

"다 돌팔이들. 하지만 스무 살이 넘어서는 아버지에게 말했어야지. 신경성이 아니라고."

"저는 나름 신호 많이 보냈어요."

"그랬나?"

"아버지는 왜 말씀 안 하셨어요? 심장이 안 좋다는 거."

"채 선생, 검사 결과 보내달라고 하더니 네게 보여줬구나."

"제가 보면 안 되나요?"

"……"

"이 앨범……."

김경호가 앨범을 집어 들었다. 김정엽이 따로 정리한 아들 편이었다.

"처음으로 봤어요. 여기 쓰인 메모, 아버지의 진심인가요?"

"……"

"그냥 분위기를 위해 적은 글이라면… 남들 보여주기 위해 적은 거라면… 저 채 선생님께 치료받고 다시 미국으로 갈게요. 여기서 아버지의 부담으로 남기는 싫어요."

"진심이었다."

김정엽이 잘라 말했다.

"채 선생님, 인터넷으로 검색해 봤어요. 굉장하신 분이더군요."

"……"

"기타 허락하실 건가요?"

"거실에 나가보면 알 거다."

"거실?"

김경호가 서재 문을 밀었다. 그리고 한 발 나온 걸음이 그대로 멈추고 말았다. 거실에 기타가 있었다. 하나가 아니라 무려 여덟 개였다. 그동안 김정엽이 빼앗아간 기타와 일치하는 숫자였다. 때려 부수었다는 그 기타 전부였다. 그러니까 김정엽은 기타를 부수지 않고 어딘가 두었던 모양이다.

"아버지!"

김경호가 소리쳤다. 놀라움과 감격이 뒤섞인 소리였다.

"네가 아끼는 물건이잖니. 차마 부술 수 없어 고모 집에 맡겨두었다."

"아버지⋯⋯."

"뭐라도 해봐라. 저기 채 선생 말마따나 우리 둘 다 죽는 것보다야 각자 하고 싶은 거 하면서 사는 게 낫겠지."

"아버지."

"아아, 내 품에 안겨서 펑펑 우는 건 질색이다. 너는 모르겠지만 아버지는 신파 싫어하거든. 지금은 다 사그라졌지만 나도 어릴 때는 활화산의 열정이 있었으니까."

"아버지⋯⋯."

"기념으로 함께 기타 한 곡 어떠냐? 이사도라. 그건 대략 칠 수 있을 것 같다."

"아버지."

울먹이는 김경호의 품에 기타가 안겼다. 김정엽은 웃고 있었다. 이제 보니 그는 천재가 아니라 거인이었다. 김경호는 그걸 이제야 알았다.

"자자, 거기 바깥의 용 부장, 2층의 채 선생, 기왕 이렇게 된 거 다들 모여서 부자 연주회나 감상해 주시오. 뭐, 이 아버지 때문에 불협화음이 나올 건 뻔하지만."

"절대로요. 제가 아버지 연주까지 다 살려 드릴 거예요."

김경호가 기타를 들고 아버지 옆으로 붙어 앉았다.

딩다라라랑!

도로로롱!

부자가 나란히 기타 줄을 골랐다. 김경호에게는 더 이상 우울증이 엿보이지 않았다. 기타 하나로 그는 완전히 다른 사람이 되었다. 연주 또한 기가 막혔다. 아버지의 헐렁함을 리드하며 완급 조절을 해나갔다. 아버지가 버벅거리면 노련한 선율로 빈 곳을 메웠다. 아버지보다 잘할 수 있는 단 하나의 것. 그 기타로 난생처음 아버지에게 도움이 된 것이다.

디딩!

연주가 끝났다. 윤도와 용천규가 박수를 쳤다. 가정부도 마찬가지였다. 윤도가 일어섰다. 이제는 윤도가 연주할 차례였다. 아버지와 아들의 질병, 심허와 간허.

'역시……'

김경호의 진맥은 놀랍도록 변해 있었다. 심허는 여전하지만 빈 곳이 꽤 채워진 것이다. 우울증의 현상을 보여주는 뇌 쪽 경락도 그랬다. 중증 우울증이 되면 뇌 변화가 일어난다. 많은 경우, 왼쪽 전방 영역의 기능이 저하되면서 도파민 등의 신경전달물질의 분비가 약해진다. 마치 코카인 약물중독처럼 대뇌피질을 비롯한 뇌 구조에서 비정상적인 대사를 보이는 것이다. 그런데 이 순간의 뇌 느낌은 그리 최악이 아니었다.

마음(心).

멋대로 흐트러졌던 네 획의 글자가 가지런히 모인 것이다.

이제는 간경까지 손볼 생각이다.

간은 목($木$)이오, 심은 화($火$)이니 근본 치료에 속하는 일이기도 했지만……

아버지와 아들이 나란히 누웠다.

처음에는 달라 보이던 부자. 기타를 치면서 누운 자세도 같아졌다. 퍼펙트한 부전자전이다. 유전자는 도둑질을 못한다는 말의 증명이 거기 있었다.

느긋하게 사관혈부터 열었다. 이제 시간을 다툴 일도 없는 것. 아버지와 아들에게 나란한 방식을 동원하는 윤도였다.

양손의 합곡과 양발의 태충혈이 활짝 열렸다. 사막에도 파도가 있다고 아버지부터 자침을 하게 되었다. 병을 다스리는 방법은 물을 다스리는 법과 다르지 않았다. 물이란 적정량으로 흘러야 한다. 너무 많으면 넘치고 적으면 마른다. 나아가 고이면 썩게 마련이다.

신수혈과 경문혈을 시작으로 물길을 정비해 나갔다. 마른 혈자리에 물을 채우고 넘치는 혈자리는 물을 비웠다. 간수혈을 지나 기문혈과 합세했다. 그 마지막은 심수혈과 거궐혈이었다. 물길을 잡았으니 이제는 병소에 다이렉트였다.

심장.

그곳을 장침이 겨누었다. 용천규는 장침에서 눈을 떼지 못했다. 침은 너무나 진지하게 마치 그 부위에 있던 것처럼 심장 안으로 들어갔다. 오장직자침이었다.

톡!

윤도의 땀이 지검장의 가슴팍에 떨어졌다. 그사이에 침이 좁아진 관상동맥 안을 정확히 찔렀다. 옹기종기 군락을 이룬 혈괴들이었다. 서두르지 않고 작은 느낌부터 잡았다.

셋, 넷, 다섯…….

침이 연속으로 들어가자 관상동맥의 혈류가 회복되기 시작했다. 혈류에 속도가 붙자 장침으로 찔러주기만 해도 혈괴들이 씻겨 나갔다. 혈류가 제대로 회복된 것이다. 쫄쫄에서 콸콸이었다.

"하아!"

지검장이 숨을 크게 쉬었다.

"불편하세요?"

윤도가 물었다.

"아니오. 너무 편해서……."

아들을 돌아보며 웃는 김정엽. 아들도 똑같은 미소로 화답했다.

"그대로 조금만 계십시오."

시계를 보며 아들에게 향했다.

아들의 침은 조금 더 많았다. 간허에 위치까지 바로잡아야 하는 시침이기 때문이다. 우울증 시침보다 앞서 행했다. 간에 앞서 신장도 잡았다. 윤도의 침은 오늘도 근본을 가렸다. 오장을 자극해 위치를 잡았다. 처진 간이 위로 올라섰다. 그러자 위장은 저절로 바르게 되었다.

"배 어때요?"

윤도가 김경호에게 물었다.

"시원해요. 늘 뭉긋하게 아린 느낌이었는데……."

"이제는 언제 시험 봐도 아프지 않을 겁니다."

빠이빠이!

윤도가 위장 통증과의 작별 선고를 내려주었다.

우울증의 뒤틀린 물길은 나쁜 반응을 보인 혈자리 순서로 정비했다. 이제는 백회가 먼저였다. 기준점을 먼저 잡은 것이다. 인당에 이어 독맥으로, 심포경락으로 장침이 달렸다. 심포경은 제4늑간이다. 궐음수와 천지혈에 장침을 넣었다. 내관에도 한 방을 찔렀다.

심경의 심수혈은 제5늑간이다. 심수와 극천에 침을 넣고 신문혈에서 심경의 혈문을 활짝 열었다. 심수의 한가운데인 신도혈에도 장침 하나를 추가했다.

찬란한 시침의 마무리는 대추혈이었다. 대추혈은 뇌증후군을 치료한다. 심포경의 내관 역시 마음을 안정시키는 명혈이었다. 다른 대안도 있지만 환자의 상태에 따른 자침이었다.

전체 조율은 백회에서 시행했다.

같은 심허라고 해도 부자의 침은 다르게 들어갔다. 숲을 보면 답이 나온다. 숲은 늘 푸르지만 숲의 나무는 전부 다르다. 강을 보면 답이 나온다. 강은 모두 바다로 흘러가지만 그 줄기는 모두 다르다. 그게 한의학이었다. 그게 혈자리였다.

김경호의 시침까지 끝나자 두 부자가 서로를 돌아보았다.

"우리 아들도 알고 보니 많이 늙었구나."

아버지가 웃었다.

"아버지는요? 할아버지 삘 나는 거 모르시죠? 주름 제거 성형 좀 하세요."

"하핫, 이참에 한번 해볼까?"

"하하핫!"

"하하하!"

부자가 소리 내어 웃었다. 그 웃음소리까지도 영락없는 붕어빵이었다. 부자의 닮은꼴 붕어빵. 오랫동안 잊고 있다가 다시 보게 된 닮은 모습. 어쩌면 이 붕어빵이야말로 오늘의 최고 특효 혈이었을 것만 같았다.

"채 선생."

용천규가 손바닥을 들어 보였다. 윤도는 있는 힘껏 그 손바닥을 후려치며 하이파이브를 나눴다.

짝!

부자가 새로운 생을 살게 되었다는 신호음이었다.

그로 인한 선물일까? 윤도에게 어마무시한 낭보가 날아들었다.

7. 초대박 신약 계약

"채 선생님!"

낭보를 가져온 사람은 강외제약 대표 류수완이었다. 그의 회사를 찾아간 윤도를 류수완은 정문까지 나와 반겨주었다.

"여기까지 나와 계세요?"

윤도가 차에서 내렸다. 세상이 어두워진 깊은 밤. 이 시간까지 퇴근하지 않은 것도 놀라운데 윤도를 맞이하는 것이다. 그것도 이사진 셋을 거느린 채였다.

"나와야죠. 암요."

류수완은 들떠 있었다. 그 이유가 그의 입을 박차고 나왔다.

"선생님이 개발한 알레르기 비염과 천식 약이 세계시장을 뚫었습니다!"

류수완의 목소리가 회사 마당을 쩌렁쩌렁 울렸다.

"사장님……."

"독일에 간 신약 개발 팀에게서 연락이 왔습니다. 독일 최고 명문 제약사인 바이마크사에서 우리 신약과 계약을 맺었습니다. 그것도 최고의 로열티 조건으로 말입니다."

"사장님……."

"들어가시죠. 이거 진짜 좋은 밤입니다. 아주 미치도록 말이에요."

류수완이 윤도의 등을 밀었다.

사장실에 들어서자 계약서 사본이 나왔다.

"보세요. 방금 팩스로 들어온 따끈따끈한 MOU입니다. 이게 말이 MOU지 계약과 동시에 계약금까지 입금되었습니다. 보세요."

이번에는 통장을 보여주었다. 입금액이 무려 480만 유로에 달했다.

480만 유로.

"사장님……."

"아까부터 뭐가 사장님입니까? 다른 말 좀 해보세요."

류수완은 여전히 들떠 있었다. 소파 뒤에 도열한 이사들도 감격을 숨기지 못했다.

"이거 다 채 선생님 돈이란 말입니다. 우리 돈으로 약 60억이에요."

"……."

"안 되겠네. 이사님들, 누가 우리 채 선생님 물 좀 한 잔 드리세요. 아무래도 정신 줄이 얼어붙으신 거 같습니다."

"아, 아닙니다. 저 괜찮습니다."

"대박입니다, 대박. 미국에서도 유럽에서도 선생님이 개발한 신약을 닥치고 인정이라고요. 그렇죠, 서 이사님?"

류수완이 이사를 바라보았다.

"맞습니다. 사실 독일의 바이마크가 운이 좋았습니다. 그 계약 끝나기 무섭게 미국의 글로벌 제약회사에서도 접촉이 왔거든요. 그놈들, 250만 불로 후려치려는 걸 독일에서 480만 유로 콜이 왔다고 하니까 급 600만 불로 돌아서더군요. 목에 힘주다 헛물켜는 걸 보니 속이 다 후련했습니다."

"사장님……."

"아, 우리 채 선생님은 여전히 사장님이네. 이 계약금 다 선생님 거라고요. 제가 첫 계약금은 무조건 선생님 찔러준다고 하지 않았습니까?"

"돈이 문제가 아니라 바이마크……."

윤도가 겨우 숨을 골랐다.

바이마크.

기술력이 깐깐한 글로벌 제약회사이다. 미국의 글로벌 제약사에 비해 자본금은 조금 작지만 오히려 그들에게 로열티를 챙기는 지구 최강의 제약사였다. 그렇기에 웬만한 신약을 거들떠보지도 않는다. 21세기 들어 그들이 외부에서 사들인 신약은 고작 세 개에 불과할 정도였다. 그들 안에 세계 최강의 신약 연구소가 있는 까닭이다.

그런 그들이 윤도의 신약 딜을 받아들였다.. 거기다 신약을 들이민 류수완의 배짱도 놀랍지만 완벽한 제품만을 선호하는 바이마크의 선택이라니 놀라지 않을 도리가 없었다.

"저희도 놀랐습니다. 바이마크사 개발진이 일제히 'Na, wunderbar'를 외쳤답니다. 원더풀이라는 뜻이죠."

이사가 설명을 덧붙였다.

"그러게 제가 뭐랬습니까? 채 선생님 신약은 된다고 하지 않았습니까? 저도 신약 몇 개 개발해 봤지만 바이마크에서 원더풀 소리 듣기는 처음입니다. 덕분에 우리 회사 이미지도 상한가 치게 생겼습니다."

류수완의 목소리는 여전히 가라앉지 않았다.

"아마 내일 주식시장 문 열면 바로 상한가 들어갈 것 같습니다. 적어도 삼 일은 불기둥 상한가가 유지될 겁니다."

이사들도 싱글벙글했다.

"하지만 이게 옵션이 하나 있습니다. 아니, 저쪽의 요청이라고나 할까요?"

류수완이 윤도 쪽으로 다가앉았다.

"요청이라고요?"

"신약을 출시하기 전에 선생님을 한번 초청하고 싶다더군요. 앞으로의 신약 개발 계획도 듣고 싶고……."

"의무인가요?"

"그건 아닙니다. 우리 신약의 탁월성과 안정성 약리기전에 저들이 뻑 간 거 같습니다. 한국에 이런 약학자가 있나 궁금했던 모양인데 한의사라고 했더니 더 환장한답니다. 저들도 최근에 한의학에 관심을 갖기 시작했거든요."

"맞습니다. 의무 옵션은 아니지만 현지의 우리 개발 팀에게 꼭 부탁한다는 당부를 몇 번이나 했다고 합니다."

이사가 또 부연 설명을 붙였다.

"그렇다면 시간을 내봐야겠군요."

"고맙습니다. 저쪽에 그렇게 통보해 두겠습니다."

류수완이 윤도의 손을 잡았다.

"그럼 이제 앞으로 어떻게 되는 겁니까?"

"일단 독일 바이마크사에서 먼저 약을 출시하게 될 겁니다. 그런 다음 약 6개월 후에 우리가 생산을 시작합니다. 우리가 아시아를 맡고 저들이 유럽 시장을 담당하는 형식입니다."

"잘되었으면 좋겠군요."

"잘되다마다요. 자그마치 바이마크사입니다. 이건 보증수표를 쥔 거나 다름없습니다."

"하지만 그래도 이 계약금을 다 저를 주신다는 건……."

"당연히 채 선생님 겁니다. 무조건 받으시고요, 주식도 일부 기증하겠습니다. 당연히 우리 회사의 주주가 되셔야죠."

"사장님."

"아아, 저는 한국하고 아시아 시장에서 벌면 됩니다. 거기서도 떼돈을 벌어 채 선생님 왕창 챙겨줄 겁니다."

"그럼 저와 함께 이 돈은 기부하시죠."

"예?"

윤도의 느닷없는 제의에 류수완의 시선이 튀어 올랐다.

"기부하자고요."

"선생님, 돈이 무려… 기부를 하시려면 한 1억 정도……."

"아시아 시장에서 돈 많이 버실 자신 있다면서요?"

"그건 그렇지만… 한 번에 60억여 원 기부는 우리나라 최대 제약사도 엄두를 못 내는……."

"만약 이 계약금이 몇 억 정도였으면 어땠을까요?"

"그건……."

"사장님도 이 정도까지는 예상 못 하셨죠?"

"예, 솔직히……."

"그러니까 액수 생각지 말고 기부하자는 겁니다. 한국의 제약회사들이 리베이트다 교수들 치다꺼리다 해서 비난 많이 받잖아요. 이번 기회에 이미지도 쇄신할 겸 기부를 하면 사장님 제약사 이름이 더 빛나지 않을까요? 다른 제약사에도 경종이 되고."

"채 선생님……."

"돈은 사장님이 맡아두십시오. 그동안 저를 밀어준 방송국이 있으니 거기를 통해 함께 기부하도록 하죠. 괜찮겠죠?"

"그야……."

"그럼 저는 그만 가보겠습니다. 정말 고생 많으셨습니다."

윤도가 자리를 털고 일어섰다.

"선생님……."

류수완은 정문까지 나와 윤도를 배웅했다. 윤도의 스포츠카가 어둠을 따라 사라졌다.

"어때요? 진짜 명의시죠?"

류수완이 이사들을 향해 중얼거렸다.

"보통의 의사들과 차원이 다르군요. 60억을 기부할 생각을 하다니……."

"저런 분 만난 거 행운으로 알고 다른 진력하세요. 우리 강외제약이 세계적인 제약사로 발돋움할 수 있는 기회입니다."

"알겠습니다."

이사들이 고개를 숙였다. 류수완은 윤도가 사라진 길에서 오래오래 눈을 떼지 못했다.

'명의……'

그 이름은 왜 다른 의사들과 다를까?

류수완은 그걸 알 것 같았다. 그렇기에 채윤도가 명의였다. 그가 아는 유일한 명의였다. 그를 폐암에서 해방시켜 주어서가 아니었다. 그는 사람의 마음에 희망의 온도를 올려놓는다. 그것만으로도 명의의 타이틀은 충분했다.

'암……'

류수완의 고개는 아직도 끄덕끄덕 긍정을 표하고 있었다.

"아버지!"

윤도는 달리는 차 안에서 아버지에게 전화를 걸었다. 지검장 부자를 치료하고 나니 아버지가 눈에 밟혔다. 좋은 일 생긴 김에 맥주 한잔하자고 할 생각이다.

―어, 채 의원.

아버지는 조금 늦게 전화를 받았다.

"아직 회사세요?"

―아니. 이 애비, 술 한잔하는 중이다. 지금 끝나간다만……

아버지의 목소리도 나쁘지 않았다.

"뭐 좋은 일 있으세요?"

—있지!

"뭔데요?"

—저번에 우리 채 의원이 살려준 사장님 있잖아? 그분이 다시 회사 복귀하면서 나한테 첫 계약을 안겨주었지 뭐냐.

"예? 정말요?"

—그래. 우리 원단 받아주기로 하셨다. 그것도 엄청난 대박급으로.

"이야, 축하합니다, 아버지."

—다 우리 채 의원 덕분이지. 지금 집이냐?

"아닙니다. 들어가는 중입니다."

—그럼 샤워하고 기다리거라. 이 애비가 안주거리 푸짐하게 싸들고 들어갈 테니.

"그러세요. 기다리겠습니다."

윤도가 전화를 끊었다. 원래는 신약 로열티 이야기를 할 생각이었다. 하지만 아버지의 계약이 성사되었다니 참았다. 아버지의 기분을 살려주고 싶었다.

"이야, 우리 아들들, 그리고 싸랑하는 우리 싸모님!"

아버지는 윤도보다 30분쯤 후에 도착했다. 손에는 참다랑어회와 초밥이 바리바리 들려 있었다.

"큰 계약 하나 땄다면서요?"

윤도에게 뉴스를 들은 어머니가 아버지를 맞았다.

"그럼. 내가 누군 줄 알아? 나 한다면 하는 사람이야. 보라고."

아버지가 계약서를 내밀었다. 월 6억 가까운 물량의 납품 계약서였다. 아버지 회사의 규모로 봐서는 대단한 건이었다.

"아유, 우리 남편도 이제 운이 좀 트이려나 보네."

어머니가 참치회를 펼쳐놓았다.

"으아악, 이게 바로 입에 넣으면 살살 녹는다는 그 참다랑어 뱃살?"

방에서 튀어나온 윤철이 한 점을 집어 물었다.

"애, 아버지한테 고맙다는 말은 하고 먹어야지."

어머니의 눈에서 불꽃이 튀었다.

"아이고, 그냥 두세요. 난 괜찮으니까 많이들 먹어라. 모자라면 이 아버지가 바다에 나가서라도 잡아온다. 암."

아버지는 이래도 좋고 저래도 좋았다.

"축하드려요."

윤도가 맥주 한잔을 따라놓았다.

"다 네 덕이다. 한의대 보내길 얼마나 잘했는지. 거기 사장님이 자꾸 공치사를 하셔서 얼굴 뜨거워서 혼났다."

아버지가 웃었다.

"그러고 보니 오늘 참 좋은 날이네요. 저도 오늘 신약이 독일 제약사와 계약되었다고 연락받았거든요."

윤도가 커밍아웃을 했다. 그래도 금액은 말하지 않았다. 오늘은 오롯이 아버지를 위한 시간이기를 바랐다.

"건배!"

투박한 잔이 허공에서 충돌했다.

"아, 요즘 같으면 살 만하다니까. 사업 잘 풀려, 밖에 나가면 다들 아들 장침 한 번만 맞게 해달라고 떼써……."

아버지의 시선에는 자부심이 가득했다. 그런 아버지를 위해 한 잔 더 따라주었다. 아버지는 오늘 밤 취할 자격이 있었다.

다음 날은 정신없이 행복했다. 시작은 한의원이었다. 진경태에게 쾌거를 설명하자 한의원이 떠나가기 시작했다. 그는 윤도의 쾌거를 진심으로 축하해 주었다.

"저는 원장님이 될 줄 알았습니다."

"아저씨 덕분이에요."

윤도와 진경태는 서로를 치켜세우느라 바빴다.

"……!"

그러다 계약금에 대해 고백하자 진경태가 소스라쳤다.

"기부를 하겠다고요?"

그의 눈동자가 끝 간 데 없이 커졌다.

"아저씨 몫은 따로 챙겨 드릴게요."

"그럼 절대 반대입니다. 제 몫이 얼마가 되었든 원장님 뜻과 함께합니다."

"아저씨……."

"저랑 한길 간다면서요? 그런데 저만 주머니 채우면 무슨 한길입니까?"

"좋아요. 그럼 나중에 기부할 때 같이 가요."

"그것도 안 될 말입니다. 신약의 주인공은 원장님입니다."

"그럼 아저씨 몫은 따로 빼놓고 기부할 겁니다."

"알았습니다. 따라갈 테니 그냥 기부하세요."

진경태가 두 손을 들었다.

"고맙습니다."

윤도가 웃었다. 이렇게 이해해 주니 그저 고마울 뿐이다.

점심시간에 조촐한 파티 겸 외식을 했다. 직원들은 또 한 번 자부심에 몸을 떨었다. 직진의 남자 채윤도. 그 거침없는 장침이 이루어가는 성취 속에 그들도 함께 있는 것이다.

식사 후에 강외제약 주식을 체크했다. 호기심이었다.

"……!"

윤도의 시선이 화면에 멈췄다. 화면은 온통 빨간 불기둥이었다. 장 시작과 함께 상한가를 치고 있었다.

'부용…….'

퇴근 시간이 되자 그녀 생각이 났다. 그런데 이심전심인지 부용에게서 마침 전화가 왔다.

"부용 씨?"

―바쁘세요?

그녀가 조심스레 물었다.

"그랬는데 지금 막 해방되었습니다."

―또 환자들 여럿 구하셨군요?

"그렇다고 봐야죠. 어디세요?"

―어디라고 말하면 오시게요?

"가죠, 뭐, 대한민국 안에 있다면."

윤도가 대답했다. 신약의 기쁨에는 그녀도 진경태 못지않은
지분이 있었다. 약제실을 최신 시설로 꾸며준 그녀가 아닌가?
그렇기에 한번 만나 낭보도 전하고 기부 소식도 알려줄 생각
이다.

―선생님.

전화를 통해 부용의 목소리가 밀려나왔다.

―바쁘시겠지만 선생님을 뵙고 싶어 하는 천사가 하나 있는
데 좀 만나주시겠어요?

천사?

단어 하나가 윤도의 귀를 잡아끌었다.

8. 빅 딜

"선생님!"

약속된 음식점에 들어서자 창가 테이블에서 부용이 손을 흔들었다. 그녀는 처음 보는 아이돌 여가수와 함께였다.

"좀 늦었나요?"

착석하며 윤도가 물었다. 두 여자의 커피 잔이 비어 있었기 때문이다.

"무지하게 늦었죠."

부용이 너스레를 떨었다.

"어, 그럼 오늘 밥값, 찻값은 내가 쫙 쏴야겠네요."

윤도가 아이돌을 보며 말했다. 10대 중후반으로 보이는 아이돌은 어쩐지 이국적인 느낌이 났다.

"이번에 해피 프레지던트에 새로 합류하는 미우예요. 일본 친구인데 기존 멤버 하나가 미국 대학에 진학하는 바람에 교체하게 되었어요."

"안녕하세요. 미우입니다."

아이돌이 일어나 정중하게 인사를 해왔다. 단정한 인사 폼에서 일본 사람 티가 배어나왔다.

"그럼 저를 보고 싶어 한다는 천사가?"

"맞아요. 우리 미우 예쁘죠? 이름부터 아름다운 바다라는 뜻이에요."

부용이 부연 설명을 해주었다.

"한국말도 잘하는데요?"

"할아버지가 한국통이래요. 그래서 어릴 때부터 한국말을 배웠다고 하네요."

"네……."

"오늘은 또 무슨 기적을 일으키고 오셨어요?"

부용이 눈빛을 세우고 물었다.

"기적은 아니지만 어제 좋은 소식을 받았습니다."

"어머, 뭔데요?"

부용이 관심을 보였다.

"지난번에 개발한 알레르기 비염과 아토피 치료 신약 말입니다. 이번에 독일의 제약회사와 손을 잡게 되었답니다."

"와아, 대박!"

"맞아요. 아직 김칫국 마실 상황은 아니지만 대박에 속하는 모양입니다."

"축하드려요. 선생님은 정말 신의 손이네요. 닥터 손석구와의 감동 스토리가 끝나기도 전에 그런 쾌거라니……."

"부용 씨 덕분입니다. 그 말씀을 드리려고도 한번 만날 생각이었습니다."

"흐음, 이렇게 되면 오늘 주제를 바꿔야 하는데……."

"부용 씨는 무슨 일이죠?"

"오늘이 우리 대표님 버스데이예요."

옆에 있던 미우가 생글거리며 끼어들었다.

"생일이요?"

윤도가 고개를 들었다. 동시에 고개를 갸웃거렸다. 윤도는 부용의 생일을 알고 있었다. 얼마 전에 그녀의 민증에서 보고 메모해 둔 것이다. 그 메모에 의하면 오늘은 부용의 생일이 아니었다.

"그건 양력이고요, 제가 음력으로 생일을 지내는 편이라……."

부용이 웃었다.

"선물부터 사러 가야겠네요."

윤도가 엉덩이를 들었다.

"아뇨. 제 생일이 뭐 중요한가요. 선생님이 아니었으면 갈매도의 별장을 귀곡산장 삼아 미역국 먹고 있을 텐데요."

"부용 씨……."

"일단은 여기 천사가 먼저. 우리 미우가 선생님께 부탁이 있대요. 그래서 불렀어요."

부용이 미우를 돌아보았다.

"미우가 할아버지를 정말 좋아해요. 엄마, 아빠를 후쿠시마 지진 때 잃고 혼자 살아나 그때부터 할아버지 품에서 자랐거든요."

'후쿠시마 지진?'

그렇다면 후쿠시마 원전 사고와 같은 말이다. 윤도의 눈동자가 조금 더 초롱초롱해졌다.

"선생님 오셨으니까 이제 미우 능력으로 꼬셔봐. 나도 함부로 못 대하는 분이시거든."

부용이 미우에게 공을 넘겼다.

"저는……."

미우라는 일본 아이돌, 송아지 같은 눈동자를 깜박이더니 단정하게 일어섰다.

"채윤도 선생님."

"……?"

"저는 선생님을 잘 모릅니다. 하지만 대표님 말씀에 따르면 선생님은 대한민국 최고의 명의이자 침술가라고 합니다."

미우는 마치 주장 발표라도 하듯 또렷한 목소리로 이어갔다.

"제 할아버지는 원전 사고 때 엄마, 아빠를 찾기 위해 보름 동안 후쿠시마현에서 살았습니다. 사고가 난 제일 원전 반경 15㎞ 안에서 말입니다."

"······."

"그때부터 할아버지 몸속에 병이 자라기 시작했습니다. 그나마 거기에 할아버지의 오랜 친구인 닥터 다카노 레이카가 있어 잘 돌봐주었는데 이제 레이카도 죽고 없습니다."

"······."

"할아버지는 지금 굉장히 아픕니다. 병원에서도 몇 달 살지 못할 거라고 했습니다. 저는 할아버지를 돕고 싶습니다. 선생님이 명침 명의이시니 저희 할아버지를 치료해 주셨으면 합니다. 그래서 대표님을 졸라 따라 나왔습니다."

이야기하는 내내 미우는 한 번도 흐트러지지 않았다. 그렇다고 눈물을 쥐어짜는 것도 아니었다. 진지하지만 슬퍼하지 않는 태도, 아주 인상적이었다.

"할아버지가 어떻게 아프신데요?"

"처음에는 갑상선암이 발견되었어요. 수술을 했는데 나중에는 몸 전반의 피부암으로······."

흔들림이 없던 미우의 목소리가 처음으로 떨렸다.

"일본에 계신가요?"

"아뇨. 지금은 겸사겸사 한국의 절로 나와 계세요. 서울에서 멀지 않은데 거기 스님하고 친분이 있어서……."

"한번 봐드릴게요. 우리 한의원으로 모셔오세요."

"한의원은……."

미우가 난감한 표정을 지었다.

"왜요? 거동이 불편하세요?"

"그것보다 지금 계시는 절 외에 다른 장소는 잘 안 가시려고 합니다. 게다가 며칠 후 중요한 일로 일본으로 돌아가실 계획인데 이번에 가시면 다시 오기 어렵습니다."

"그럼 내가 왕진을 가야겠군요."

"죄송합니다."

미우가 허리를 조아렸다.

"내일 시간 낼게요. 할아버지께 연락이나 해두세요. 자리 비우시면 곤란하니까."

"아리가또, 아리가또 고자이마쓰!"

미우는 허리를 세 번이나 90도로 접고 돌아갔다.

"제가 괜한 부담을 드리는 거 아니죠?"

미우가 나가자 부용이 물었다.

"아닙니다. 환자 보는 게 제 생업인걸요. 게다가 방사능 환자라니 호기심도 있고……."

"정말 괜찮으면 청탁 하나 더 드려도 되는지요?"

"얼마든지."

"실은 다른 팀 주요 멤버 하나가 좀 좋지 않은 습관이 있어요. 하지만 워낙 노래와 춤이 발군이다 보니 미국 측에서 그 친구의 인터뷰를 요청해 왔어요."

"어떤 습관인데요?"

"눈을 깜박거려요. 지나칠 정도로요."

"경련이 아니고요?"

"아니에요. 대학병원에 가서 진찰을 받아봤는데 의학적으로는 문제가 없다 하네요. 아마 심리적인 요인이 아닐까 하던데 그 친구는 신경도 예민하지 않거든요."

"내일 중으로 데려오세요. 아까 그 친구 할아버지 보러 가는 길에 진료해 드리죠."

"고쳐만 주시면 치료비는 얼마든지 부르셔도 되요."

"알겠습니다. SN이 거덜 날 정도로 청구하죠."

"이제 비즈니스 끝났으니까 조촐하게 생일 술 한잔하러 가요. 초대받은 곳이 있거든요."

부용이 손을 내밀었다.

탁!

문을 열었다. 불이 꺼진 별실은 어두웠다. 부용의 SN에서 쓰는 별실이었다. 먼저 들어선 윤도가 벽을 더듬어 스위치를 찾는 순간, 별꽃처럼 박수와 폭죽이 터졌다.

펑펑펑!

짝짝짝!

딸각!

놀란 윤도가 스위치를 켰고, 실내가 환하게 밝아졌다.

짝짝짝!

박수는 더 크게 이어졌다. 조금 전까지는 폭죽의 바다였지만 이제는 미녀의 바다였다. 장현서를 필두로 이가인, 김다경, 박연하, 걸그룹까지 두세 팀 강림했으니 셀 수도 없었다.

"채 선생님!"

미녀들이 입을 모아 소리쳤다.

"야, 이것들이… 생파를 해준다고 시간 내라 생떼를 쓰더니 왜 채 선생님만 반기는 거야?"

부용이 볼멘소리를 냈다.

"에이, 대표님은 고작 생일이지만 채 선생님은 우리의 은인이시잖아요."

장현서가 바로 응수했다.

"저도 공감이요."

이가인이 손을 든다.

"Me too."

박연하와 김다경도 빠지지 않았다.

"아, 왕짜증. 그럼 난 간다. 채 선생님 모시고 생파해라."

부용이 돌아섰다. 순간 한 번 더 폭죽이 터지며 꽃술이 날아와 부용의 앞을 막아섰다.

"갈 때 가더라도 꽃은 가져가셔야죠."

장현서가 꽃다발을 내밀었다.

"저는 실용적으로 먹을 걸로 가져왔어요."

이가인이 내민 건 금가루가 뿌려진 김밥 꽃다발이었다. 꽃은 금세 부용의 가슴을 덮고도 남았다.

"대표님, 생일 축하합니다!"

합창과 함께 걸그룹의 즉석 생일 축하곡 공연이 펼쳐졌다.

"해피 버스데이~ 해비 버스데이~"

미녀들이 입을 모아 합창했다.

"나 참."

부용은 코웃음을 치며 웃어넘기고 말았다.

"자자, 남는 건 사진뿐이니까 다들 인증 샷 대형으로 집합!"

장현서가 소리쳤다. 미녀들이 윤도의 옆쪽으로 몰려들었다.

"아, 진짜… 나 삐친다?"

부용이 또 한 번 목청을 높였다.

"그래도 할 수 없어요. 대표님은 자주 보지만 채 선생님은 자주 못 보니까요."

걸그룹이 입을 모았다. 천하의 부용도 이제는 두 손을 들고 말았다.

"그럼 지금부터 친애하고 총애하는 이부용 대표님의 생파를 시작하겠습니다. 대표님은 주빈 자리에 서주세요."

박연하가 부용을 바라보았다.

"주빈석이 어딘데?"

"어디긴요? 테이블 앞이죠."

박연하가 빈 테이블을 가리켰다. 부용은 떠밀려 테이블 앞에 서게 되었다.

"그럼이 완전 노처녀 각이니까 채 선생님은 그 앞에……."

이번에는 윤도가 끌려갔다.

"그림 좋습니다. 이제 눈을 감으세요."

"야, 또 무슨 장난을 하려고?"

부용이 물었다.

"에이, 속고만 사셨나? 이제부터는 완전 진지 레알 축하 모드로 갈 거예요. 그러니까 절대 눈 뜨면 안 돼요. 눈 뜨면 30년 동안 남자 없는 세상에 살기."

박연하가 재수 없음 코드로 쐐기를 박았다.

"채 선생님도 눈 감으세요."

그 화살은 윤도에게도 날아와, 별수 없이 눈을 감고 말았다.

딸깍!

소리와 함께 불이 꺼졌다. 그리고 어둠 속에서 뭔가 부산한 소리가 들리기 시작했다.

"너희들 진짜… 엉뚱한 장난치면 다 죽는다?"

부용이 슬쩍 주의를 주었다. 그래도 수상한 소리는 멈추지 않았다.

얼마나 지났을까? 이제는 오히려 조용해졌다. 주변이 돌연 조용해지니 그게 오히려 더 불안했다.

"다 됐습니다. 두 분은 셋을 세고 눈 뜨세요."

박연하의 목소리가 다시 나왔다.

"하나, 둘, 셋!"

윤도와 부용이 합창을 하고 살며시 눈을 떴다.

"……?"

윤도와 부용의 눈이 마주쳤다. 그 가운데서 타고 있는 건 촛불이었다. 아래는 케이크였고 와인과 멋진 까나페 안주도 보였다. 하지만 꽉 채워진 테이블과 달리 실내는 텅 비어 있었다. 미녀들이 모두 퇴장한 것이다.

"아, 얘네들 장난은 정말 못 당한다니까요."

부용이 고개를 저었다.

"일단 불부터 꺼야 할 것 같은데요?"

윤도가 말했다.

"불이요?"

"부용 씨 생일이니까."

"아, 정말……."

"생일 축하합니다~"

황당해하는 부용을 두고 윤도가 노래를 시작했다. 아까 미녀들의 합창 때 제대로 끼지 못한 윤도였다. 더구나 이제는 아무도 없었다. 생일의 주인공이 촛불을 끄는데 노래가 빠질 수 없었다.

"생일 축하합니다. 사랑하는……."

거기까지 달려간 윤도가 잠시 주저했다. 부용의 시선은 윤도의 입에 꽂혀 있었다. 다음 가사에 주목하는 것이다.

'그냥 노래잖아?'

윤도가 생각했다. 그리고 다시 노래를 이었다.

"사랑하는 부용 씨, 생일 축하합니다!"

짝짝짝!

윤도가 박수를 쳤다. 하지만 부용은 불을 끄지 않았다. 그저 윤도를 바라볼 뿐이었다.

"뭐 해요? 불 꺼야죠."

윤도가 재촉했다. 그러자…….

"아, 몰라요. 선생님 때문에 애들한테 졌잖아요."

부용이 낭패의 진저리를 쳤다.

"예?"

"노래 말이에요."

"노래?"

"와아아!"

순간 다시 불이 켜졌다. 사라졌던 미녀들이 여기저기에서 튀어나왔다.

"이것들이 나 벗겨먹으려고 내기를 걸었단 말이에요. 선생님이 생일 축하곡을 불러줄 것이다, 아니다."

"부용 씨는 어디다 걸었는데요?"

"안 부른다에……."

"허얼……."

"게다가 옵션까지도 졌잖아요."

"옵션은 또 뭐……?"

"노랫말이요. 사랑하는……."

"……!"

"대표니임!"

박현서가 새침한 표정으로 두 손을 내밀었다. 봉투를 내놓으라는 뜻이다.

"가져가. 속 시원하냐?"

부용이 카드를 던졌다.

"에이, 그래도 우리 덕분에 고백 들었잖아요. 사랑하는 부용 씨……."

박현서가 코맹맹이 소리로 리바이벌을 했다.

"야! 박현서 너!"

"야, 튀자. 대표님 열 받았다."

박현서가 문으로 뛰었다. 미녀들도 우르르 그 뒤를 따라갔다.

"대표님, 생일 축하합니다. 좋은 시간 되시고 앞으로도 우리 많이많이 키워주세요."

"채 선생님도 고맙습니다."

미녀들이 새처럼 재잘거리며 사라졌다.

"어휴, 정신이 다 없네."

한바탕 소란에 부용이 몸서리를 쳤다.

"기왕 이렇게 된 거, 촛불부터 끄시죠."

"어머, 네……."

"생일 축하합니다~"

다시 윤도의 노래가 이어졌다. 부용은 절반쯤 타들어간 초를 단숨에 꺼버렸다.

"우리 애들이 저렇다니까요. 순 내숭 덩어리들. 다들 카메라 앞에서만 여신인 척하지……."

"좋잖아요. 늘 여신으로 살면 숨 막힐 거 같습니다."

"음, 뭐, 그렇긴 해요. 선생님 말대로 기왕 이렇게 된 거, 건배해요. 멍석 깔아줬으니 즐겨야죠."

"그럴까요?"

윤도도 잔을 들었다.

챙!

맑은 소리와 함께 샴페인을 마셨다. 청량감이 기막힌 샴페인이었다. 이름을 보니 벨 에포크. 나중에 알았지만 병당 수십만 원 하는 명품 샴페인이었다. 하지만 가격보다 매력적인 건 이름의 의미였다. 벨 에포크(Belle Epoque)를 영어로 옮기면 Beautiful Epoch, 즉 아름다운 시절이었다.

"혹시 조지훈 님의 시, 사모 아세요? 그 끝에 이런 구절이 있어요. 미리 알고 정하신 하느님을 위하여."

"멋지네요."

"내용 자체는 좀 슬프지만 마지막 구절은 심쿵이죠. 거기 보면 술 석 잔을 마시더라고요. 이건 제가 선생님께 드리는 잔이에요."

부용이 잔을 따랐다. 둘이 함께 마셨다.

"그럼 제가 한 잔 더 따라야 석 잔이 되겠군요."

윤도가 병을 집었다. 부용은 기꺼이 샴페인을 받았다.

석 잔의 샴페인.

알코올 도수는 12도가량이지만 양이 많았다. 긴장이 풀리면서 알딸딸해지는 윤도였다.

"고마워요."

부용이 다가와 윤도의 이마에 키스를 했다. 그녀를 당겨 입술을 가졌다. 잠시 사이를 두고 얼굴을 바라본 후 한 번 더 키스…….

"키스도 세 번 해야 할 거 같아서요."

윤도가 웃었다. 그러자 부용이 윤도의 얼굴을 덮쳐왔다. 윤도는 그녀의 전면전을 피하지 않았다. 그녀의 혀가 점점 달콤하게 변해갔다. 나아가 윤도의 심장을 직격하는 에너지가 되었다. 그 느낌이 알코올과 시너지를 이루면서 심장의 화산이 폭발했다. 그녀를 당겨 소파로 갔다. 까만 소파 위에 드러나는 부용의 나신이 연꽃처럼 고결해 보였다. 윤도는 연꽃을 한 겹, 한 겹 벗겨 나갔다. 윤도는 긴 목과 하얀 쇄골 위를 애무했다. 손은 아래로 내려가 가슴을 잡았다. 두 개의 봉오리가 윤도를 맞았다. 입술이 거기 머무는 동안 손은 그 아래로 내려갔다.

손…….

그 손이 원초의 샘물에 닿았다. 그 촉촉함만으로도 윤도의 중심은 쇠방망이가 되었다.

후끈!

단숨에 달아오른 활화산은 거칠 것이 없었다. 마침내 연꽃의 가장 깊은 곳으로 들어갔다. 부용은 당기고 윤도는 밀었다. 들어가도 들어가도 한없는 목마름. 그 목마름의 끝에서 용암이 방출되고 말았다.

사아악!

시원했다. 몸 안의 진기가 다 빠진 느낌이지만 비우고 새로 채워지는 듯 가뜬한 느낌이었다.

"선생님⋯⋯."

한바탕의 몸서리 후에 부용이 윤도의 뺨을 쓰다듬었다. 윤도를 바라보는 그녀의 눈은 호수가 담긴 듯 안으로 깊었다.

"저 실은 선생님을⋯⋯."

그녀의 눈동자가 별빛처럼 출렁거릴 때 윤도의 전화기가 울었다.

빠라빠라빵!

분위기 모르는 놈.

그런 생각을 하며 전화를 받았다.

미우였다.

—할아버지께 말씀드렸어요. 처음에는 소용없다고 거절하셨지만 제 부탁을 받아주셨어요. 이제는 선생님 차례입니다. 부탁합니다.

미우는 많이 고조되어 있었다.

"알았어요. 내일 봐요."

차분히 답해주고 전화를 끊었다.

"선생님!"

돌아보니 부용이 샤워실에서 손짓했다.

촤아아!

그녀가 등을 씻겨주었다. 비누칠하는 손길마다 부드러운 정성이 맺혀 있다.

"별거 아니지만 선생님의 장침처럼 피로가 쫙 풀려 나갔으면 좋겠어요."

부용의 등을 밀었다. 가슴도 밀었다. 그 마음이 고마워 그대로 당겨 안았다. 샤워장의 습기와 더불어 미끈거리는 그녀의 볼륨. 윤도의 화산은 결국 한 번 더 폭발하고 말았다.

촤아아!

잠기지 않은 물줄기가 두 사람의 거친 호흡 소리를 감춰주었다.

다음 날, 부용이 데려온 멤버는 어렵지 않게 고쳤다. 그녀의 눈 깜빡임은 중증이었다. 하지만 오장육부에서는 원인이 나오지 않았다. 다행히 눈꺼풀을 관장하는 비장의 기를 강화하자 깜빡임이 멈췄다. 함께 온 부용에게는 생일 선물을 안겨주었다. 지각 선물이지만 그녀가 좋아했다.

부릉!

그녀를 보내고 스포츠카에 시동을 걸었다. 조수석에는 진경태를 태웠다. 약제실에만 있으니 바람을 쏘여줄 생각이다.

가면서 이런저런 약재 이야기도 할 게 많았다. 물론 미우의 할아버지를 위한 영약과 약침을 챙기는 것도 잊지 않았다. 이 때까지만 해도 윤도는 이 치료가 길어질 줄 생각지 못하고 있었다.

"원장님이 구해오는 약재 말입니다."

진경태가 먼저 화두를 열었다. 이따금 가져오는 영약들. 그는 여전히 그 출처가 궁금했다. 어느 산인지 알려만 주면 쉬는 날 달려가고 싶은 진경태였다.

"제공자가 워낙 세세한 거 말하길 싫어해서 말이죠."

윤도가 둘러댔다. 진경태는 더 캐묻지 않았다. 사실 그의 스승 격인 고봉달도 그런 축에 속하는 사람이었다. 세상에는 뜻밖에도 기인이 많았다.

차가 절에 도착했다. 서울 경계에 닿은 경기도 땅이었다.

"선생님!"

미우가 절 입구에 나와 있었다.

"와주셔서 너무 감사해요."

미우는 여전히 일본인 특유의 예절로 윤도를 맞았다.

"할아버지는요?"

"법당 뒤 방에 계세요. 제가 먼저 가서 선생님 오셨다고 말씀드릴게요."

미우가 법당 뒤로 뛰었다.

"아저씨는 차에 좀 계세요."

진경태에게 말하고 법당을 향해 걸었다. 그때 중년의 한 스님이 길을 막았다.

"미나토를 찾아온 사람이오?"

'미나토?'

일본 이름이다. 미우의 할아버지를 말하는 것 같아 그렇다고 답했다.

"당신도 고미술품 파시려고?"

"고미술품이요? 저는 그분 몸이 안 좋다기에 치료를 하러 온 한의사입니다만."

"한의사?"

"뭐가 잘못되었습니까?"

"한의사라… 하긴 저런 인간일수록 이승의 미련도 많겠지."

스님이 냉소를 뿜으려 돌아섰다. 이상한 예감이 든 윤도가 스님을 잡았다.

"죄송합니다만 무슨 말씀이신지……."

"미나토를 치료하러 왔다면서요?"

"그럼 안 되는 겁니까?"

"아는지 모르는지 모르지만 저 인간은 우리나라 문화재급 고미술품을 전문적으로 빼가는 인간입니다. 우리 주지 스님과의 인연으로 이 절을 보수할 때 공사비를 대주었다기에 나서지 못하지만 대접할 인간이 아니라오."

스님은 핏대를 감추며 멀어졌다.

'문화재급 고미술품을 빼가?'

황당해하는 사이에 미우가 다가왔다.

"준비되었습니다, 선생님."

"아, 예……."

"어쩌면 놀라실지도 몰라서요. 할아버지… 피부가 굉장히
안 좋으시거든요."

"진료하다 보면 더 심한 상처도 많이 봅니다."

"알았어요. 그럼……."

덜컥!

미우가 문을 열었다. 방 안에 노인이 있었다. 벽에 기대 있
는 노인과 윤도의 눈이 마주쳤다. 순간, 윤도의 피가 서늘하게
얼어붙었다.

"……!"

"어쩌면 놀라실지도 몰라요."

미우의 말. 그건 그냥 한 말이 아니었다. 노인은…….

"내 꼴이 징그럽거든 그냥 가시오."

주저하는 사이에 미나토의 음성이 흘러나왔다. 삐쩍 곯은

얼굴이었지만 카랑한 목소리. 한국말 또한 수준급이었다. 그러나 푸석했다. 코에도 생기가 말랐다. 폐가 좋지 않기 때문이다.

"한의사 채윤도입니다."

인사를 한 윤도가 안으로 들어섰다.

미나토, 그의 피부암은 최악이었다. 손발을 타고 올라온 종기와 염증, 피부 괴사가 목까지 번져 있었다. 얼굴 한편과 이마에도 흉측하게 똬리를 틀었다. 예전 갈매도에서 본 부용의 피부병과 비교해도 몇 배는 더 심각해 보였다.

"한국의 명침이시라고?"

미나토가 윤도를 바라보았다.

"네, 한국 최고의 한의사세요."

미우가 윤도를 대신해 대답했다.

"이창수를 아시오?"

미나토의 눈빛은 우묵하기만 했다.

"동래의 이창수 선생 말씀입니까?"

"그럼 지용균은?"

"칠곡의 명침으로 알고 있습니다."

"옳거니, 그럼 태극침술도 아시겠군."

"제 수준이 궁금하다면 침을 먼저 맞는 게 옳다고 봅니다. 침이란 입으로 놓는 게 아니니까요."

윤도가 미나토의 폭주를 막아 세웠다. 미나토는 침술을 알고 있었다. 그런 사람의 테스트를 입으로 따라가자면 한이 없을 일이다.

"침으로 내 피부암을 다스릴 수 있다는 말이오?"

미나토가 팔뚝을 걷었다. 상의도 끌어 올렸다. 기저세포암과 흑색종 등이 빼곡하게 드러났다. 처음 보는 사람이라면 바로 오바이트를 할 정도였다.

"그 역시 침을 꽂아봐야 압니다."

윤도는 흔들림이 없었다.

"말은 옳으나 침은 잘못 들어가면 회복할 길이 없지. 더구나 이렇게 중한 질병이라면……."

"자신이 없다면 오지도 않았을 겁니다. 진맥부터 좀 할까요?"

"고마운 말이지만 할 수 없을 거요."

미나토가 팔뚝을 내밀었다.

"……!"

그걸 본 윤도의 눈에 쓰나미가 밀려왔다. 진맥을 잡는 부위에 피어오른 기저세포암 때문이다. 상처가 커서 맥을 잡을 수 없었다. 시선이 목으로 옮겨갔다. 인영맥 부근에도 결절 흑색종이 집을 지었다. 거북 껍질처럼 단단한 암 덩어리였으니 맥을 잡기 어려웠다. 다른 곳도 그랬다. 맥을 잡을 수 있는 부위마다 피부암이 맺혀 있었다.

"내가 일 때문에 종종 한국에 와서 명침 한의사들을 찾았지만 동래의 이창수도, 칠곡의 지용균도 이 피부암에는 시침조차 못했다오. 진맥이 이러니 혈자리 또한 다를 바가 있겠소?"

"진맥은 다른 방법으로 하면 됩니다."

"어떻게 말이오?"

"그대로 계십시오."

미나토의 손을 소반 위에 올려둔 채 침통을 꺼냈다. 윤도의 손에 잡힌 건 변함없는 장침이었다.

"……?"

미나토의 눈이 출렁 흔들렸다. 그 장침이 손목의 진맥 부위로 들어갔다. 기저세포암 아래였다. 하나는 관맥을 관통하기 전에 멈췄고, 또 하나는 촌맥, 마지막 하나는 척맥 위에 멈췄다.

"그럼 진맥하겠습니다."

장침이다.

장침을 매개로 맥을 읽는 윤도였다. 안 되면 돌아가는 윤도의 신기. 미우는 벌써 넋을 잃고 숨을 죽였다.

오른손 다음에는 왼손이었다. 오른 손목에서 폐와 대장의 맥을 읽었다. 관맥에서 비장과 위장, 척맥에서는 신장. 오른 손목의 진맥 정보를 차분히 리딩하고 왼손으로 갔다. 거기 꽂힌 장침이 전하는 정보를 받았다. 왼손 손목의 촌맥에는 심장과 소장의 상태가 나타나게 되어 있다. 관맥에는 간장과 담, 척맥에서는 명문과 삼초의 기능이 실려 왔다.

일차 진맥을 끝내고 각 장침을 지그시 눌러보았다. 맥이 어느 부위에서 강한지를 가늠하는 것이다. 부맥이 나왔다. 보기에도 좋지 않지만 몸 안의 맥은 더 약했다. 조금 더 자극했다. 맥의 뿌리가 거의 없었다. 맥의 근본은 신장. 신장의 기가 바닥을 드러냈다는 증거이다. 간혹 삽맥도 보였다. 이 맥이 보이면 정기가 없다는 의미이다.

'후우!'

혼자 날숨을 쉬었다. 바닥을 드러낸 건 한둘이 아니었다.

고개를 드는 윤도의 눈에 고미술품이 들어왔다. 낡은 질그릇과 청자풍의 물병들이었다. 벽에 기대 세워둔 족자와 두루마리도 보였다. 그 아래로는 감정서 봉투가 보였다. 스님이 한 말이 스쳐갔다.

'당신도 고미술품 파시려고?'

고미술품…….

그렇다면 저 고미술품은 미나토가 사들인 거란 말인가?

"선생!"

골똘해 있는 사이 미나토가 입을 열었다.

"예."

"진맥을 본 거요?"

"예."

"침을 통한 진맥이 가능하단 말이오?"

미나토의 눈에 각이 서 있다. 의심하는 눈초리였다.

"과거 조선시대의 명의들은 환자의 팔에 실을 묶어서도 보았습니다. 피부 표면에 결절이 있어 손가락으로는 안 되겠지만 침을 꽂고 그 침을 통해 전해오는 진맥은 얼마든지 가능하지요. 인간이 살아 있는 한 맥은 뛰게 되어 있으니까요."

"그렇다면 어떻소?"

"……."

"겉멋만 든 젊은 한의사로군."

윤도가 주저하자 미나토의 의심이 작렬했다.

"한 달입니다. 어르신에게 남은 목숨."

"……?"

미나토의 눈에 경악이 스쳐갔다.

한 달.

그건 미우도 모르는 일이었다. 도쿄에서 가장 큰 암 전문센터에서 받은 사형선고. 그걸 받은 게 5개월 전이다. 그리하여 그동안 거래인들과 미뤄둔 거래를 마무리하려고 들어온 한국이다. 이제 남은 기간은 정확하게 한 달 하고 일주일 정도. 그 기간을 윤도가 진맥만으로 집어낸 것이다.

"할아버지!"

당장 미우의 목소리가 절박해졌다. 목숨의 기간이 정해졌다는 사실만으로도 그녀에게는 못 견딜 충격이었다.

"그래? 당신 침으로 고칠 수 있겠소? 아니면 목숨 줄을 늘여준다던가⋯⋯."

"어르신은 태극침술을 신봉하십니까?"

윤도가 물었다. 이제 목소리에 힘이 실렸다. 진단이 나온 이상 주도권은 윤도에게 있었다.

"한의학의 기본이 아니오?"

"어르신의 경우에는 태극침술이 불가합니다."

"뭐라?"

"태극침술을 쓰는 동안 죽을 겁니다. 그러니 몸 안의 정기를 모두 모아 피부암과 일대 격전을 벌이는 충격요법이 필요합니다. 신장과 심장에 최소한의 정기만 남겨두고 던지는 승부수입니다."

"승부수라⋯⋯."

"그렇게 피부암을 종결한 후에야 태극침술이 소용 있을 수 있습니다. 신장과 심장에 남겨둔 불씨로 목숨 불을 다시 지피는 거죠."

"해본 적이 있소?"

"없습니다."

윤도가 잘라 말했다.

"⋯⋯!"

"명의는 치료를 장담하지 않는다고 들었습니다. 이런 피부암은 처음이지만 환자와 한의사가 일체가 되어 치료에 임한다면 가능하다고 봅니다."

"하긴 침으로 진맥을 보는 실력이니……."

미나토의 눈이 우묵하게 깊어졌다. 윤도의 침술에 대한 신뢰의 증거였다. 바로 그때 법당 마당에서 소란이 일었다.

"미나토, 이 사악한 일본 놈아!"

낯선 노인이었다. 그는 스님들에게 막혀 몸부림을 치고 있었다.

"네놈도 이제 뒈질 때가 되어 몹쓸 병에 걸렸다고 들었다! 남의 나라 문화재를 푼돈 주고 빼가더니 마침내 천벌을 받는구나! 이제라도 회개하고 우리 문화재를 전부 반환하거라! 그렇지 않으면 네놈은 죽어도 눈을 감지 못할 것이다!"

스님들이 노인을 담장 밖으로 끌고 나갔다.

"소란을 피워 미안하게 되었습니다."

주지 스님이 미나토의 방으로 다가와 합장했다. 그 뒤로 아까 만난 스님이 보였다. 정중한 주지 스님과는 달리 그는 못마땅한 표정이었다. 주지 스님과의 관계 때문에 마지못해 참는 눈치 같았다.

"잠시 화장실 좀 다녀오겠습니다."

윤도가 미나토의 방을 나왔다.

"아저씨."

차로 다가가 진경태를 불렀다.

"왜요?"

진경태가 차창을 내렸다.

"여기 조금 전에 소란 피우던 할아버지 못 보셨어요?"

"저기 아래로 가던데요?"

진경태가 언덕을 가리켰다. 윤도가 그곳을 향해 뛰었다. 노인이 보였다.

"……!"

노인의 말을 들은 윤도가 숨을 골랐다. 그의 말에 의하면 미나토는 고미술 전문 약탈자에 불과했다. 표면상으로는 공식적 매입이지만 그건 뒷구멍으로 문화재급 고미술품을 흡입하려는 떡밥용 비즈니스라는 것. 그 사실을 아는 노인이 정부 측에 민원을 넣었지만 해결되는 것은 없었다. 미나토가 소장한 고미술품 중 문화재급의 유출 경로가 확인되지 않는 까닭이다.

'맙소사!'

한숨이 나왔다. 이게 사실이라면 침을 놓고 싶은 생각이 없다. 남의 나라 문화재를 몰래 빼돌리는 건 문화 약탈이다. 그런 사람에게까지 정성을 기울이고 싶지 않은 윤도였다. 어차피 미나토는 시한부 인생. 그대로 두면 저절로 꺼질 불이었다.

'부용 씨 얼굴 봐서 대충 기나 좀 채워주고 가자.'

그렇게 발길을 돌리다 일주문의 사천왕상과 눈이 마주쳤다. 순간, 하늘에서 천둥이 울었다.

우르릉!

이놈!

천둥소리가 윤도를 향하는 것 같았다. 사천왕들의 눈도 그랬다. 눈알을 터져 나올 듯 커졌고 손에 든 무구와 악기가 윤도를 겨누었다.

우르릉!

한 번 더 천둥이 울리며 명언 하나가 스쳐갔다.

―의사는 병을 고치고 명의는 사람을 고치며 신의는 나라를 고친다.

신의…….

물론 윤도는 자신이 신의라고 생각해 본 적이 없다. 하지만 이런 경우, 최상의 결과가 따로 있었다. 즉 미나토를 고쳐주고 문화재급 고미술품을 반환받는 것. 나라를 고치는 것까지는 아니지만 그에 못지않은 일이 될 것 같았다.

결심이 서자 전화를 걸었다. TBS의 성수혁 차장이다. 노인의 말에 대한 확인에 들어갔다. 낯선 사람의 말만 듣고 움직일 수는 없는 일이었다.

―채 선생님.

잠시 후, 그에게서 전화가 왔다.

노인의 말은 사실이었다. 방송사의 확인에 의하면 미나토
는 한국의 문화재급 고미술품 20여 점을 소장하고 있었다. 돈
으로 치면 40억이 넘는 보물이다. 문화관광부 쪽 채널을 통해
수차례 반환 요청을 한 적이 있었다. 그때마다 돌아온 건 거
절이었다. 그중 서너 점은 당장 국보나 보물로 지정되어도 될
수준급 고미술품. 그러나 유출 시기가 일제시대이거나 광복
직후인 것으로 알려져 도리가 없다고 했다.

더욱 가관인 것은 미나토의 발언이었다. 그는 일본 사회에
서 굉장한 영향력을 가진 인물이었다. 암에 걸리기 전에는 일
본 정치권의 막후 실력자이기도 했다. 더구나 대지진으로 인
한 원전 방사능 유출 때는 스스로 현장으로 달려가 아들 부
부의 시신을 찾아내 일본 사회의 주목을 받았다.

그런 까닭인지 수개월 전에 자신의 사후 모든 소장품을 일
본의 우익 단체가 주관하는 개인 박물관에 기증하겠다는 의
사를 밝혔다. 그렇게 되면 한국의 문화유산은 영영 돌아오지
못할 것이다.

'그건 안 되지.'

윤도가 입술을 물었다. 기꺼이 장침을 시침하기로 했다. 미나
토가 아니라 한국의 고미술품을 위한 시침. 환부(患部)가 아니라
미나토의 심부(心部)에 장침을 꽂아 마음을 바꾸려는 것이다.

부슬부슬!

천둥 뒤에 부슬비가 쏟아졌다. 윤도는 다시 미나토 앞에 앉았다. 주지 스님은 돌아가고 없었다.

"치료를 시작해도 되겠습니까?"

윤도가 물었다.

"패기가 좋으시군. 만약 유의미한 차도를 이루어낸다면 한국 돈으로 삼천만 원 주겠소."

미나토가 자리에 누웠다. 그도 인간이다. 아니, 소장품으로 보아 인간 이상의 욕망이 있었다. 무언가 아끼는 것이 많은 사람이라면 이승을 떠나기 싫은 법이다.

윤도의 첫 장침이 들어갔다.

눈의 앞머리 부분, 얼굴 혈색을 살리는 정명혈이다. 다음은 입꼬리 양끝의 지창혈이었다. 얼굴에 탄력을 주고 혈색을 살리는 명혈. 침 세 방만으로 미나토의 얼굴 피부가 변하기 시작했다. 기저세포암와 결절 등은 크게 변하지 않았지만 다른 부위는 놀랍도록 깨끗해지는 동시에 탄력이 생겼다.

순초 때문이다. 피부를 아름답게 하는 산해경의 영약 순초. 조금 남아 있는 순초를 약침으로 넣어 효과를 백배 살린 윤도였다.

눈에 보이는 확실한 효과. 기선 제압을 위한 조치였다.

침을 뽑고 거울을 보여주었다.

"……!"

자신의 얼굴을 본 미나토가 소스라쳤다. 그건 20여 년 전에
나 보던 말쑥한 얼굴이었다. 암세포 부위만 빼면 청춘의 그림
자마저 깃들어 보였다.

"어, 어떻게⋯⋯?"

미나토가 입술을 떨며 윤도를 바라보았다.

"삼천만 원을 주신다고 하셨죠?"

"그렇소. 부족하다면 5천만 원도 가능하오."

미나토가 조바심을 냈다. 효과를 눈으로 본 까닭이다.

"다른 걸 준다면 당신의 피부암을 깨끗이 낫게 해드리겠습
니다."

묵직한 목소리가 날아갔다. 윤도의 딜 시작이었다.

"다른 거라니?"

미나토가 미우를 돌아보았다.

"엉뚱한 상상은 마십시오."

"그럼 뭘 원하는 거요? 돈이 아니라면⋯ 내가 가진 건 미우
와 고미술품뿐인데."

"고미술품을 주세요."

"고미술품? 내 소장품 중에 원하는 게 있소?"

"예."

"그렇다면 문제없소. 당신이 피부암을 낫게 해준다면 원하
는 걸 내주겠소."

"제가 원하는 건 당신이 한국에서 가져간 문화재급 고미술품 전부입니다."

"……?"

미나토가 벌떡 상체를 세웠다.

"정확히 말하면 우리 정부에 반환하거나 기증하는 겁니다."

"당신……."

"조금 허전하겠지만 대신 어르신은 지상에서 가장 소중한 걸 소장할 수 있습니다."

"지상에서 가장 소중한 거라면?"

"어르신의 목숨. 하루하루 모아가는 삶의 나날이야말로 인간에게 가장 소중한 소장품이 아닐는지요?"

"……."

"흥정을 하는 건 아닙니다. 그만큼 힘든 치료지요. 게다가 제 침은 보람이 실리면 생각지도 못한 힘을 발휘합니다. 미우, 내 기사 검색해 봤다고 했죠? 그것 좀 찾아서 할아버지에게 보여줄래요?"

윤도가 미우를 바라보았다. 미우는 바로 핸드폰을 들이댔다. 지난번 검색 때 이미 북마크에 추가한 미우였다.

〈여객선 심장마비자들 소생〉

〈폐암과 골암을 고친 명침〉

〈SS병원에서 일군 기적〉

〈닥터 손석구의 실명된 눈 회복〉

몇 개의 기사만으로도 미나토의 정신 줄에 울림이 왔다. 다른 사람도 아니고 손녀가 찾아준 자료이다. 그 손녀가 데려온 한의사였다. 거기에 더해 신기의 맛까지 본 상황.

"비가 옵니다. 비가 오면 기력이 더 떨어지지요. 침술에 좋지 않습니다. 세상에서 가장 소중한 걸 소장하고 싶으면 서둘러 결정해 주시기 바랍니다."

윤도는 조용히 압박해 들어갔다. 그 목소리는 진폐맥의 새털을 만지는 듯 부드러웠지만 눈매는 강철처럼 단단했다.

"……."

쏴아아!

부슬비가 조금씩 거세지기 시작했다. 창 너머 솔밭으로 산 안개가 피어올랐다. 안개 사이로 적송들이 아른거렸다. 그걸 보던 미나토의 이마에 식은땀이 맺혔다. 늙으면 마음이 약해진다. 어쩌면 아른거리는 적송들이 저승사자처럼 보였을지도 모른다. 게다가 하나 남은 혈육 미우. 그녀 역시 아직은 보호의 손길이 필요했다.

외아들 이츠키 부부. 대지진의 와중에 죽어간 아들. 방사능의 숲을 헤치며 그를 발견했을 때 이츠키는 목숨이 붙어 있었다.

'아버지, 미우를⋯⋯.'

아들은 단 한 마디를 남기고 숨을 거두었다. 처절한 방사능의 바다에서 그 한 마디를 하기 위해 붙여놓은 목숨이었다.

"선생!"

긴 침묵 끝에 미나토의 입이 열렸다.

"예."

"혹시나 해서 묻는 건데 내 피부암의 시작은 방사능이라오. 알고는 있는 게요?"

"당연히."

"그런데도 그런 딜을 던진 거요?"

"그 또한 당연히."

"좋소, 당신 뜻대로 하리다. 사실 내 약점이 바로 최고의 고미술품이 나오면 수단 방법 안 가리고 차지해야 하는 거거든."

"아주 현명한 판단입니다."

윤도가 웃었다. 두 사람의 빅 딜이 합치를 이루었다. 지금도 그렇지만 나중에는 한국과 일본의 역사에 있어 어마어마한 계기가 되는 순간이었다.

각서를 썼다. 미나토의 지장에 사인을 더했다. 잠시 미우와 장년의 스님까지 들어오게 하여 증인으로 세웠다. 각서는 미우가 맡아두었다. 윤도가 성공하면 윤도에게 주라 했고, 실패

하면 할아버지에게 주어 찢으라고 했다. 그 모든 과정이 미우의 핸드폰에 동영상으로 담겼다.

쏴아아!

비를 따라 미우와 스님이 나갔다. 이제 치료의 시간이었다.

피부암.

시작은 갑상선암이었다. 갑상선은 방사선 피폭에 특히 취약하다. 과거 체르노빌에서 그랬고 일본 후쿠시마 원전 사고 때도 비슷했다. 특히 어린아이들이 자라면서 갑상선암으로 밝혀지는 경우가 많았다.

원전 인근에서 아들을 찾아 헤매던 미나토. 갑상선은 치료가 되었지만 그 씨앗이 피부로 옮겨갔다. 어쩌면 방사능 피폭으로 피부가 약해진 탓일 수도 있었다.

진맥으로 파악한 치료 기전은 신장—비장—대장—폐의 차례였다. 웬만해서는 병인으로 빠지지 않은 신장이기에 피부암에도 한 다리를 걸쳤다. 신장과 폐가 좋아지면 피부도 매끈해지는 것이니 사필귀정으로 볼 수도 있었다.

피부암을 위해 윤도가 준비한 약침은 세 가지였다.

약쑥 농축액, 신선초 농축액, 산해경의 적유 농축액.

신선초를 가져온 건 진경태의 의견 때문이었다. 신선초에서는 황즙이 나온다. 이 황즙의 주요 성분에 칼콘과 트리테르페노이드가 있었다. 이 성분이 피부암과 대장암, 폐암에 좋다는 논문을 보여주었더니 준비해 두었다고 했다. 그래서 비상용으로 가져온 윤도였다.

사실 아귀가 잘 맞는 이야기였다. 대장과 폐는 서로 통한다. 따라서 폐에 좋으면 대장에도, 피부에도 효과가 있는 게 옳았다.

심호흡을 하며 미나토의 혈자리를 그렸다. 이 환자에게 있어 키포인트 혈자리는 대거혈이었다. 그 혈자리가 최악이었다. 피부암의 사령실이 거기임을 알 수 있었다.

가만히 환자의 병인을 생각했다. 방사능은 갑상선에 심각한 영향을 줄 수 있다. 피폭량이 많은 까닭에 갑상선에 이상이 생겼다. 이때 대장이 함께 무너졌다. 오염된 땅에서 나온 지기(地氣) 때문이었다.

대지의 한기가 삼음교로 들어갔다. 그다음이 대거혈이었다. 그러나 땅의 지기는 필연 대장으로 향한다. 대장으로 가서 대거혈을 장악한 것이다. 따라서 대장에 자리 잡은 한기의 사기를 잡는 데는 대거혈이 명혈로 꼽혔다. 그 지기가 위로 올라가 기문을 차지했다. 거기서 폐로 들어갔다.

대장과 폐.

두 벽돌이 흔들리는 틈에 갑상선에서 떨어져 나온 암세포가 피부에 자리를 잡았다. 암이 된 것이다.

—대거혈.

─양문혈.

─수삼리와 천종, 전중혈.

─합곡과 삼음교혈.

치료 침의 차례를 세웠다. 양문혈은 암의 명혈이며, 수삼리는 종기의 명혈, 합곡과 삼음교는 몸의 부산물을 씻어내는 데 탁월하니 체계는 틀림이 없었다. 그러나 그전의 조치가 필요했으니 역시 신장과 비장의 강화였다.

폐는 피부를 관장한다.

비장은 살을 관장한다.

신장은 선천 원기를, 비장은 후천 원기를 담당한다.

세 명제의 동시 충족을 위해서도 그랬다.

현대 의학의 설명을 빌리자면 정상 세포에는 수명이 있다. 세포가 수명을 다하면 셀프 자살을 일으켜 면역 세포에 의해 처리된다. 하지만 세포에 돌연변이가 생기면 자살하지 않고 무한 증식하면서 악성 암세포가 된다. 이러한 변이는 줄기세포 단계에서 발생한다. 그렇기에 암세포에 대한 세포 단위의 치료라면 그 세포의 시작을 치료해야 했다.

여기에 비추어 봐도 신장과 비장의 기혈 보강은 필수였다. 신장은 선천 원기에 속한다. 그러니 피부를 구성하는 살보다도 우선시되어야 하는 과정이었다.

'가만······.'

그러나 방사능. 그게 마음에 걸렸다. 방사능 역시 인체의 입장에서 보자면 독이다. 갑상선암에 이어 피부암을 일으켰지만 여기저기 오염으로 남았을 일. 그렇게 생각하면 웅황이 적격일 수 있었다. 하지만 적유 역시 산해경 영약이니 헛발질은 아닐 일. 사전 안전조치로 해독의 명혈 축빈혈부터 찔렀다. 침은 삼향으로 세 개를 넣었다. 중앙의 침을 잡은 채 기가 돌아오는 걸 체크했다.

한 바퀴, 두 바퀴, 세 바퀴가 될 때 비로소 기혈 작용이 나아졌다.

사전 조치를 마친 후에야 신수혈과 비수혈에 장침을 넣었다. 하나를 더해 척중혈에도 장침을 세웠다. 척중에는 화침이 아니었다. 척중혈은 신장과 비장을 따뜻하게 보하는 작용을 한다. 다만 중완을 함께 다룰 때는 빼고 더함을 명심해야 하는 혈자리였다.

마지막으로 폐수혈에 침을 꽂자 세 장부에 기운이 돌기 시작했다. 하지만 윤도는 기혈의 흐름을 확인하고 세 장부의 기를 세워 버렸다. 채우는 게 아니고 스톱이었다.

"……!"

미나토의 안색이 변했다. 힘들어지는 것이다.

"조금 참으세요. 피부암으로 가는 기혈 통로를 막았습니다. 아까 충격요법이 필요하다고 했죠? 말하자면 기의 재세팅입니다."

"으 으……."

"조금만……."

윤도는 기의 흐름에 집중했다. 세 장부의 혈자리를 막자 오장육부가 허덕이기 시작했다. 피부암으로 가는 기혈은 서서히 끊겼다.

'이제 슬슬 시작해 볼까?'

윤도가 사를 멈추고 보를 시작했다. 침 끝 방향을 일제히 시계 방향으로 감은 것이다. 이제 닫힌 기혈이 경락을 타고 흐르면 본격 약침이 들어갈 판이다. 신장과 심장의 기력만 남겨두고 총력전이 펼쳐지는 것이다.

그런데 생각대로 되지 않았다. 침을 감았지만 닫힌 기혈이 열리지 않았다.

"……?"

윤도의 등골에 오싹한 냉기가 맺혀왔다. 문제가 있었다. 게다가 긴급 상황이었다. 환자는 극악 피부암으로 생존 예정일이 얼마 남지 않은 사람. 이런 상태가 지속되면 여기서 사망할 수도 있었다.

'이런……'

식은땀이 흘러내렸다. 비 오는 날의 침놓기가 일으킨 부작용은 아니었다. 노령에 허약 체질이지만 그 정도도 감당 못할 윤도의 신침이 아니었다. 게다가 축빈혈에서 방사능도 어느 정도 걷어낸 상황. 그런데 왜?

다시 보를 시도했다. 기혈의 문을 열어야 했다. 하지만 여전히 미동도 하지 않는 혈자리들. 결국에는 침 끝이 약간 뒤틀리면서 절침까지 나왔다.

툭.

소리와 함께 윤도의 정신 줄이 아득하게 멀어졌다. 이렇게 되니 웅황이 아쉬워졌다. 그 약침을 주요 경혈에 꽂으면 어땠을까? 급한 마음에 구급 혈인 용천혈과 백회혈을 바라보게 되었다.

일단 미나토를 깨울까? 아니야. 그건 이 치료에 두 손을 드는 것과 같아. 이제 겨우 시작인데……

윤도의 의식이 상념 속에서 뒤섞였다. 아찔했다. 마치 물구나무를 선 것 같았다.

'물구나무?'

거기서 어지럽던 머리가 잠시 맑아졌다.

물구나무….

거꾸로 서는 상태이다. 다시 말하면 역순이다.

'어쩌면……'

윤도가 장침 두 개를 뽑아 들었다. 그 침이 간수혈과 기문혈로 들어갔다.

'윽.'

윤도가 주춤거렸다. 이번에는 경악이 아니라 경탄이었다. 윤도의 짐작이 맞았다. 방사능보다 꼬인 게 있었다. 바로 경락의 역주행이었다.

순행.

혈은 경락을 따라간다. 이게 인체의 기본이다. 그러나 세상에 변하지 않는 건 없다. 산천도 변하고 거목도 변한다. 그렇기에 사람에 따라 경락이 역주행하는 경우가 있었다. 미나토의 케이스라면 신장에서 대장, 대장에서 폐로 들어간 사기가 피부암을 주도했을 가능성이 높았다.

하지만 역주행이었다. 신장과 대장에서 폐를 공략한 게 아니라 간에서 폐를 범한 것이다. 그런 차에 기혈을 막았으니 제대로 꼬여 버린 상황이었다.

서둘러 간수혈과 기문혈을 자극했다. 혈자리마다 삼향자침으로 세 개씩의 장침을 꽂았다. 처음처럼 여는 게 아니라 막는 장침이었다.

'제발……'

마지막 기혈까지 막는 손이 떨렸다. 자칫 마지막 실오라기까지 막히면 영영 사그라질 목숨이다.

기의 결이 침 끝에 왔다. 그 한 가닥, 한 가닥을 세며 조절했다. 그리고 마지막 서너 가닥이 남았다고 느꼈을 때, 폐의 기가 간경에서 최고의 정체를 보일 때, 비로소 Off에서 On으로 침 끝을 돌렸다.

방향 전환.

단숨이었다.

'움직인다.'

윤도는 숨도 쉬지 않은 채 기의 흐름을 집중했다. 간을 돌아나간 기가 신장, 대장을 거쳐 폐로 들어갔다. 거기서 기의 흐름을 잡았다. 신장에서 세워 원래의 흐름대로 바꾼 것이다. 방사능 피폭으로 오랫동안 뒤틀린 수로에 서서히 기혈이 차기 시작했다. 그렇게 세력을 이룬 기가 이제는 순행으로 경락을 따라 흘렀다. 신장에서 비장으로, 대장에서 폐로 가는 흐름이었다.

'좋았어.'

후끈 달아오른 윤도. 백회혈에 장침 하나를 넣었다. 미나토가 서서히 눈을 떴다. 그의 눈에 심혈을 기울이는 윤도가 들어왔다. 그는 자신이 기절한 것을 몰랐다. 그가 느끼는 건 단지 청량감이었다. 피부 곳곳에 달라붙은 칙칙하고 음산한 죽음의 그림자. 그 그림자의 무게가 가벼워짐을 느끼고 있었다.

합곡과 삼음교혈에 들어간 장침을 끝으로 시침이 끝났다. 곳곳의 포인트마다 약침이 들어갔다. 약쑥을 쓴 곳도 있고 적유의 농축액을 쓴 곳도 있었다. 나머지는 신선초의 농축액이었다.

일대 위기.

그러나 나중에는 오히려 전화위복이 되었다. 윤도가 의도한 최후의 정기만 남겨둔 총력전이 위기 대처와 함께 해결된 것이다.

피부암이 시드는 게 보였다. 기저세포암의 상흔에서 악성의 느낌이 사라지고 결절도 조금씩 줄어들었다. 동시에 껍질이 단단해진 결절들이 저절로 떨어져 나갔다.

'유후!'

기선 제압은 대성공이었다.

신장과 심장의 기혈을 조금 열어두고 시간을 쟀다. 그런 다음 문을 열고 밖으로 나왔다.

쏴아아!

비는 여전히 내리고 있었다. 그 빗속에 미우가 있었다. 노란 우비를 쓴 모습이다. 고풍스러운 단청의 절에 노란 우비. 도드라진 노랑은 하나의 희망처럼 보였다.

"선생님……."

미우가 다가왔다.

"잘되고 있습니다."

대답한 윤도가 빗속으로 나섰다. 쉼 없이 내리지만 빗방울은 굵지 않았다. 걸어서 적송 밑으로 갔다. 비를 따라 번지는 싱싱한 피톤치드 냄새가 좋았다.

"이거……."

미우가 따라와 차를 내밀었다.

"미우 씨……."

차를 받아 든 윤도가 말문을 열었다.

"네, 선생님."

"차 더 있으면 내 차에 계신 아저씨에게도 부탁해요."

"벌써 챙겨 드렸어요."

"할아버지……."

윤도가 습기 속으로 입김을 뿜으며 말을 이었다.

"성공할 거 같나요?"

"네!"

그녀의 대답은 빨랐다.

"어떻게 그렇게 확신하죠?"

"제가 이 세상에서 믿는 사람은 두 사람뿐이에요. 할아버지와 이 대표님."

"……."

"이 대표님이 그러셨거든요. 선생님이라면 저에게 희망을 줄 수 있을 거라고."

"나는 신이 아니라서 실수도 합니다. 방금도 그랬어요."

"괜찮아요. 실수는 누구나 하는 거니까요. 저도 만날 실수투성이인 걸요. 어떨 때는 발음이 틀려서 연습을 다시 할 때도 많아요."

"아까 할아버지와 한 약속… 어떻게 생각해요?"

"할아버지가 한 일이니까 저는 관여하지 않아요. 제가 태어나기도 전에 일어난 일들인 걸요."

"그렇군요."

"다만 그 물건들이 원래 한국의 것이었다면, 돈으로 사고팔 가치를 넘는 거라면 돌려주는 게 맞다고 생각해요. 그렇게 되면 할아버지가 쓴 비용이 소용없어지겠지만 이제는 선생님과의 약속이 되었으니까요."

"미우."

"네?"

"할아버지가 미우 노래 좋아해요?"

"그럼요. 가수 되라고 밀어준 것도 할아버지였는걸요. 사실 엄마 아빠는 반대했어요."

"그럼 노래 불러줄래요? 어쩌면 할아버지의 치료는 이제부터 시작이거든요."

"할아버지에게 힘이 된다면 얼마든지요."

미우의 다짐을 들으며 다시 안으로 들어갔다. 약침을 바꿀 시간이었다.

"내~ 그리움에는 당신의~ 얼굴이 들어 있어요."

마루에서 미우의 노래가 시작되었다. 윤도의 약침도 다시 시작되었다. 다른 한의사라면 꿈꿀 수 없는 연속 자침. 그러나 윤도의 신침은 그걸 가리지 않았다.

이제는 처음과 달랐다. 장침을 이용한 재진맥을 통해 혈자리의 변동을 감안한 자침이었다. 승부수의 관점도 이제 바뀌었다. 기선 제압은 성공이었다. 그렇기에 오장의 조화를 함께 고려해 나갔다. 신장에서 원천 기를 살리고 비장에서 후천 원기를 북돋웠다.

비장의 기가 조금 약한 느낌에 은백혈도 잡았다. 엄지발가락의 은백혈 또한 비장 조절의 필수 혈이었다. 비장의 기세가 신장과 나란해지자 두 원기가 어울리는 삼초의 상화로 옮겨갔다. 마침내 대거혈이 제자리를 찾았다. 폐에 기가 탱천해졌다는 의미이다.

처음과 달리 더 큰 결절 딱지들이 떨어져 나갔다. 얼굴의 기저세포암들의 크기 역시 확 줄었다. 신수혈 덕분이다. 신수혈의 효과는 전신의 피부에 미친다. 그중에서도 특히 얼굴이 그랬다.

"내~ 그리움에는……."

미우의 노래와 함께 밤이 깊어갔다. 노래는 이제 더 들리지 않았다.

새벽녘, 윤도는 미나토의 목소리에 눈을 떴다. 벽에 기댄 채 졸은 모양이다.

"채 선생, 채 선생……."

"아, 제가 깜빡……."

"아니오. 하도 곤하게 졸기에 깨우기 싫었는데 몸이……."

"안 좋습니까?"

"그 반대라오. 몸이 근질거려 미치겠는데 이게 좋은 느낌의 근질근질한 소양감이라오. 해서 침을 뽑고 아침 바람이라도 좀 쐬었으면 폐가 맑아질 것 같은데……."

"잠깐만요."

윤도가 피부를 보았다. 더러웠다. 밤새 떨어져 나간 딱지와 부산물, 분비물의 흔적 때문이다. 윤도는 그의 손목 부위를 털어내 보았다.

"……?"

윤도 눈이 휘둥그레 변했다. 기저세포암이 확연히 줄어들어 있었다. 아까는 진맥도 못할 정도였으나 이제는 진맥을 할 정도가 되었다.

'나이스.'

쾌재를 부르며 발침을 했다. 남김없이 뽑았다. 그가 일어서자 딱지와 부산물이 부스스 쏟아졌다. 거짓말 조금 보태서 한 바가지 이상이었다.

외출을 허락했지만 두툼하게 옷을 입혔다. 마스크도 씌웠다. 한기는 언제나 노년을 노린다. 미나토는 적송 아래로 걸어가 심호흡을 했다.

"바로 이거요. 한국의 맑은 공기. 이제야 내 폐가 공기 맛을 아는구려."

미나토가 숨을 골랐다.

"천천히… 서두르지 마시고요."

"피부도 그래요. 찜찜한 느낌은 간곳없고 마냥 시원하군요. 새살이 올라오는 느낌이에요."

사실 그 느낌은 틀리지 않았다. 미나토의 살은 쉴 새 없이 새 세포를 밀어내고 있었다. 암의 흔적이 없는 정상적인 세포들이었다.

"할아버지!"

잠이 깬 미우가 마당을 달려오며 소리쳤다.

"와아, 할아버지! 이제는 몬스터 피부가 아니에요! 굉장히 좋아졌어요!"

미우는 미나토의 팔을 잡고 깡충깡충 뛰었다. 둘 사이로 보이는 적송 틈새로 아침 해가 고개를 내밀었다. 마치 미나토의 몸에 돋는 새살처럼 싱그럽게.

"……!"

아침, 환하게 내린 햇살이 마루까지 남실거릴 때 미나토가 거울을 보았다. 실오라기 하나 걸치지 않은 나신이었다. 전면을 비추더니 몸을 뒤틀어 등 쪽도 확인했다. 몸을 굴신할 때마다 딱지가 우수수 쏟아졌다. 이번에는 손으로 몸을 쓰다듬었다. 살 비늘이 먼지처럼 날렸다.

미나토의 손이 파르르 떨렸다. 경련이 어깨를 타고 척추로 옮겨갔다.

마호오.

일본어로 마법이다. 그는 그렇게밖에 생각할 수 없었다. 일본에 흔한 만화 속의 마법처럼 온몸이 깨끗하게 나은 건 아니었다. 아직도 기저세포암과 결절 흔적은 몸에 빼곡했다.

하지만 어제와 달랐다. 나아가는 것이 확연하게 느껴졌다. 피부에 있던 소양감, 발적감 등이 사라진 것이다. 그저 간지러운 것은 살 비늘과 딱지가 떨어진 것 때문. 누가 봐도 피부암의 병세가 잡힌 게 완연했다.

"채 선생님."

미나토의 목소리는 어제보다 정중해져 있었다. 그는 다 벗은 몸으로 윤도를 향해 허리를 조아렸다.

"옷을 입으시죠. 어르신 나이가 되면 찬바람에 몸을 상하기 쉽습니다."

윤도가 옷을 권했다.

"고맙습니다. 또 고맙습니다."

미나토는 몇 번이고 허리를 숙인 후에야 옷을 챙겨 입었다.

"미우, 거기 있느냐?"

미나토가 마루를 향해 말했다.

"네, 할아버지. 이제 들어가도 돼요?"

"되지. 그전에 주지 스님을 모셔 오거라."

"네."

미우가 달리는 소리가 들렸다. 그 걸음 또한 어제보다 빠르고 경쾌했다. 미우에게도 신바람이 오른 것이다.

"슈스케 보좌관."

그사이에 미나토는 일본에 전화를 걸었다.

"미안하지만 약속을 어겨야겠네. 내가 한국에서 신의를 만나 내 모든 것을 내주고 치료를 받았네. 그래, 믿기지 않겠지만 자네를 계속 볼 수 있을 것 같네."

"미나토 선생."

통화가 끝나기 무섭게 주지 스님이 달려왔다. 그는 미나토의 오랜 지기였다.

"스님 덕분에 좋은 인연에 닿아 이 미나토가 목숨을 부지할 수 있을 것 같습니다."

"나무관세음보살……."

주지 스님 역시 합장을 멈추지 못했다. 불자의 몸으로 여러 기적을 보아온 그였다. 하지만 맹세코 이 기적은 그의 절에서 일어난 최대의 기적이었다.

"그동안 저 때문에 민폐가 많았죠?"

"무슨 그런 말씀을… 덕분에 우리 부처님을 편안하게 모시고 있습니다."

주지 스님이 답했다. 미나토가 후원한 절간 보수비를 말하는 것이다.

"아닙니다. 언젠가 스님이 말씀하셨지요. 한국의 주요 고미술품만이라도 한국에 기증하면 어떻겠냐고."

"……"

"들으셨는지 모르지만 이 미나토, 기증하기로 했습니다."

"미나토 선생."

"스님 덕분에 미력한 미나토가 부처님의 현신을 만났습니다. 여기 채윤도 선생님이 그 현신이지요. 그런데도 욕심을 부여잡고 고집을 부리면 그야말로 팔열지옥에 떨어질 일."

"미나토 선생……"

"스님에게 신세를 진 마당이니 절에서 공식 기증식을 가져도 되겠습니까?"

"되다마다요. 부처님께서 기뻐하실 겁니다."

"채 선생님."

미나토의 시선이 윤도에게 향했다.

"예."

"아는 기자분이 있다고요? 번거롭지 않게 한 분만 불러주시기 바랍니다."

"그렇게 하죠."

윤도가 핸드폰을 꺼냈다. 윤도의 선택은 성수혁 차장이었다. 그는 한 시간 남짓 후에 달려왔다. 카메라 기자와 단둘이었다.

타칵!

카메라가 돌아갔다. 적송 군락 아래였다. 미나토가 목을 가다듬었다. 옆으로는 윤도와 주지 스님, 미우가 서 있었다.

"여기는 만광사입니다. 보물급 문화재가 있는 유서 깊은 절이죠. 하지만 우리는 근세의 혼란 속에서 많은 유서 깊은 것들을 외국에 강탈당하거나 유출하고 말았습니다. 국보급으로 평가되는 청자세발향로와 왕실군무도, 문인회합도 등이 그것입니다. 그런데 다행히 한 한의사의 활약으로 국보급이 포함된 고미술품 수십 점이 국민의 품으로 돌아오게 되었습니다. 먼저 일본의 대표적인 고미술가로 꼽히는 미나토 씨를 만나보겠습니다."

마이크가 미나토에게 넘어갔다.

"한국은 신비스러운 나라입니다. 한국의 고미술품은 우아하고 깊이가 있지요. 그래서 평생 동안 한국 고미술품을 모았습니다. 그러나 한국은 유형의 미술품보다 더 우아한 것이 있었으니 그게 바로 한의학입니다. 오늘 이 노구는 불치에 석 달

시한부를 선고받은 목숨 줄을 늘여준 채윤도 한의사에게 감동해, 소장하고 있던 한국의 고미술품 일체를 채윤도 한의사가 정하는 방법으로 한국에 반환하고자 합니다."

짝짝.

조용히 박수가 나왔다. 주지 스님이었다. 저만치 뒤로 모인 스님들도 박수 대열에 동참했다. 그중에는 진경태와 장년의 스님도 있었다. 어제까지만 해도 잔뜩 찡그리던 장년 스님의 표정도 밝아져 있었다. 그는 윤도를 향해 거푸 엄지를 세웠다.

미나토의 고미술품들은 그렇게 한국 반환이 결정되었다.

"선생님, 고맙습니다."

기자회견이 끝나자 미우가 윤도에게 말했다.

"아직 다 끝난 건 아니에요. 한 3개월 정도는 탕약을 먹으며 몸의 기운을 길러야 합니다."

"3개월이 아니라 3년이라도 괜찮아요. 그렇죠, 할아버지?"

"당연하지."

"대표님께 연락했어요. 달려오시는 중이래요."

"부용 씨에게요?"

"대표님이 말씀하셨거든요. 어떻게 되는지 결과를 알려달라고……."

"그래도 힘들게시리……."

"힘든 건 선생님이죠. 침놓는 거 제가 몰래 봤어요. 선생님은 정말 대단했어요. 만화에서 본 메이지 명의 텐진보다도 더 굉장해요."

"할아버지가 잘 참아준 덕분이에요. 굉장한 위기도 있었거든요."

"아무튼 다시 한번 고맙습니다."

미우의 허리가 자꾸만 숙여졌다. 그 뒤로 햇살 속에서 전화를 받는 미나토의 모습이 보였다. 그의 전화는 불이 나고 있었다. 일본의 막후 실력자라더니 허튼소리가 아닌 모양이다.

"채 선생님."

오래지 않아 부용이 도착했다. 윤도는 돌담 아래서 그녀를 만났다.

"이거 드세요."

부용이 내민 건 죽이었다.

"와아, 전복죽 아니에요?"

"아무래도 밤새우신 거 같아서 준비했어요. 미우 말 들으니 식사도 제대로 안 하고 치료만 하신다기에……."

"설마 부용 씨가 직접?"

"설마라뇨? 미우 일을 떠맡겨 놓고 죽도 하나 못 쑤겠어요? 입맛에 맞을지는 모르겠지만……."

"우리 한의원 진경태 아저씨도 함께 왔는데……."

"걱정 마세요. 같이 왔다는 말 듣고 넉넉히 준비해 왔으니까요. 미우가 드렸을 거예요."

"그럼 같이 먹어요."

"죄송하지만 저는 아침 식사를 안 해요. 커피 한 잔이면 족하거든요. 얼른 드세요."

"그럼……."

윤도가 죽을 먹기 시작했다.

"어때요?"

"좋은데요?"

윤도가 웃었다. 빈속에 들어간 죽이 위장을 편안하게 달래 주었다. 그때 중년의 스님이 다가왔다.

"어, 우리 한의사 선생님이 식사를 하고 계시네?"

스님이 허탈하게 웃었다. 그의 손에도 죽 소반이 들려 있었다. 윤도의 쾌거에 반한 스님이 주방에 말해 준비한 모양이다.

"주세요. 다 먹을 수 있을 거 같습니다."

윤도가 소반을 받았다. 차근차근 죽 두 그릇을 깨끗하게 비워 나갔다. 미나토의 몸에서 사라진 피부암의 흔적처럼.

"수고하셨어요. 그리고 고마워요."

부용이 손수건을 꺼내 윤도의 이마를 닦아주었다. 피로까지 말쑥하게 닦이는 기분이다.

이날 대한민국 인터넷의 주인공은 누가 뭐래도 윤도였다.

채윤도
장침 명의
문화재급 고미술품
일본인 미나토
미우

처음 인터넷을 휩쓴 검색어는 이랬다. 오후에는 조금 변했
다.

채윤도
장침 명의
신약 개발
바이마크사
강외제약
알레르기성 비염과 아토피 피부염
거액 계약금 전액 기부

강외제약에서 한 기자회견 때문이다. 윤도는 오래 끌지 않
았다. 그렇기에 계약금으로 들어온 60억여 원 일체를 난치병
어린이 재단에 기부해 버렸다. 그 자리에는 류수완과 진경태

를 대동했다. 이번에는 독일 언론까지 포함해 많은 매체들이 취재 경쟁을 벌였다.

—채윤도.

그 이름이 대한민국 곳곳에 깔리는 순간이었다. 처음에는 국보급 고미술품을 기증하는 데 기여한 장침 명의로, 두 번째는 독일 유수의 제약회사도 뻑 가게 한 신약 개발 명의로.

그 저녁에는 성대한 파티가 열렸다. 류수완의 강외제약에서 마련한 연회였다. 보건복지부 차관이 오고 청와대 관계자도 배석했다. 굴지의 병원장들도 보였다.

윤도는 가족과 한의원 직원 전원을 이끌고 참석했다. 부용도 한자리를 차지했다. 장 박사를 비롯해 한의사협회 회장, 길상구와 조수황 등 내로라하는 한의사들도 보였다. 류수완은 더없이 행복한 표정이었다.

"신약 개발의 주역 채윤도 한의사입니다."

류수완이 차관에게 윤도를 소개했다. 청와대 관계자도 만나고 병원장들도 만났다.

한의사입니다.

한의사입니다…….

그 말이 듣기 좋았다. 생약이 대두되고 있지만 아직도 글로벌 제약 시장에서 차지하는 비중이 낮은 까닭이다.

"여러분, 건배합시다. 전통 한약 신약으로 세계시장을 정복

합시다."

류수완의 건배사는 패기에 넘쳤다.

패기는 원래 폐의 기(氣)에서 온다. 폐암을 극복하면서 오히려 폐를 강화시킨 류수완다웠다.

식전의 귀띔에 의하면 이미 중국에서도 거액의 사용권을 제시받은 모양이다. 미세먼지로 어린이 아토피 피부염과 알레르기 비염 환자 등이 기하급수적으로 늘어난 중국이었다.

고무된 류수완은 윤도는 물론 진경태에게도 1만 주의 주식을 넘겨주었다. 아침부터 상한가를 친 주식의 오늘 종가는 3,900원. 이제는 1만 원 시대를 바라보는 유망 주식이었다.

건배 직후에 류수완이 금발의 여자와 함께 윤도에게 다가왔다.

"채 선생님, 인사하세요. 이쪽은 스벤야라고 바이마크사의 신약 개발 매니저십니다. 우리 강외제약 계약 팀과 함께 입국했는데 채 선생님을 뵙고 싶다고 하셔서……."

"안녕하세요?"

은발의 스벤야가 영어로 인사를 건네왔다. 서른 살쯤으로 보이는 스벤야는 초록 눈에 시원한 이목구비를 갖추고 있었다.

"안녕하세요?"

윤도도 영어로 인사를 받았다.

"말씀 많이 들었습니다. 이번 신약의 핵심 인재이시라고요?

오는 내내 궁금했는데 굉장히 쿨하게 생기셨군요?"

"고맙습니다."

"본국의 개발진이 채 선생님 보기를 기대하고 있습니다. 시간을 내어 입국해 주시면 고맙겠어요."

"그렇게 하죠."

"아, 그리고 스벤야가 채 선생님의 한의원을 보고 싶어 하는데⋯⋯."

류수완이 스벤야의 의사를 대신 전했다.

"언제든지 환영합니다."

대답은 윤도가 스벤야에게 직접 했다.

"고마워요."

스벤야가 환한 미소를 지었다.

"우와, 미녀인데요? 서양인이면서 동양적 분위기도 있고⋯⋯."

그녀가 다른 테이블로 가자 진경태가 감탄을 쏟아냈다.

"그러네요."

"요즘은 잘생긴 사람들이 능력도 좋다니까요."

"미녀를 보니 결혼이라도 땡기시나요?"

"절대!"

진경태가 잘라 말했다. 너무 대놓고 답하니 살짝 수상한 생각도 들었다.

"아저씨."

"예, 원장님."

"고맙습니다."

윤도가 고요히 웃었다.

"제가 할 말이네요. 시골 장터 구석에서 약재나 팔던 놈에게 이런 호사를 안겨주다니."

"우리 또 한 건 해요. 치매나 녹내장 치료제 같은 걸로……."

"그럼요. 뭐든지 지시만 내리십시오. 저는 레디 상태니까."

진경태가 잔을 들어 보였다. 정나현과 연재, 승주, 미화원 아줌마 천영희도 잔을 들었다.

"자, 삼장법사보다 멋진 리더 채윤도 원장님을 위하여!"

진경태가 축배사를 외쳤다.

챙!

마음으로 부딪치는 잔 소리는 축하 연주보다 더 아름다운 울림을 냈다.

"그런데 실장님."

승주가 진경태를 바라보았다.

"김 샘 왜?"

"우리 원장님이 왜 삼장법사 리더예요?"

"아, 그거… 유명한 CEO가 한 말인데, 삼장법사야말로 세계 최고의 리더라고 하더라고. 각기 다른 팀원의 능력을 완벽하게 조율해 최고의 성과를 올린 사람이라고."

"에, 그럼 우리 한의원에서는 내가 사오정인 건가요?"

종일이 끼어들었다.

"흐음, 그럼 저팔계는?"

연재의 시선이 정나현에게 향했다.

"배 샘, 지금 설마 나를 저팔계랑 비교하는 거야? 나 몇 킬로 안 나가?"

정나현이 극렬하게 고개를 저었다.

"저팔계는 저겠죠. 요즘 2㎏나 늘었어요."

자수는 미화원 천영희가 했다. 일동은 또 한바탕 신나게 웃음꽃을 피웠다.

다음 날, 스벤야가 류수완과 함께 일침한의원을 찾았다. 윤도가 나와 그녀를 맞았다.

"와우!"

약제실을 본 스벤야가 소스라쳤다. 시설 때문이다. 제약회사도 아닌 윤도의 한의원. 그러나 그 안의 첨단 시설은 바이마크사가 자랑하는 신약 개발실의 축소판으로 불러도 손색이 없을 정도였다.

놀라움은 그것만이 아니었다. 진경태가 가려놓은 약재들의 성분은 그녀를 또 한 번 흥분시키기에 충분했다. 추출기와 분석기를 돌려본 그녀는 혀를 내두르고 말았다.

"일본과 중국의 자연 약재 시장을 둘러본 적 있지만 이렇게 우수한 약성의 약재는 처음이에요."

스벤야는 벌어진 입을 다물지 못했다.

마지막 백미는 윤도의 장침이었다.

"몇 가지가 안 좋으십니다."

원장실에서 시범 진맥을 한 윤도가 말했다.

"어머."

"침을 한 대 놔드려도 되겠습니까?"

윤도가 침통을 들어 보였다.

"영광이에요."

스벤야는 기꺼이 진료 침대에 누웠다. 그러자 윤도가 장침을 뽑아 들었다.

"헙!"

스벤야가 자신의 입을 막았다. 침 길이에 겁을 먹은 것이다.

"그게 내 몸에 들어가는 건가요?"

"이미 들어갔습니다."

윤도가 웃었다. 장침은 정말 그녀의 중완혈에 들어가 있었다. 느낌조차 없는 신침이었다. 다음 침은 등의 지양혈이었다.

"끝났습니다."

윤도가 발침하자 스벤야가 상체를 일으켰다.

"뭘 하신 건가요?"

그녀가 물었다. 윤도의 손이 그녀의 눈으로 향했다.

"위산 과다가 있죠? 중완으로 들어간 첫 번째 침은 그걸 위한 선물입니다."

"오 마이 갓!"

스벤야가 자지러졌다. 은근하게 쓰리던 위통이 사라진 것이다.

"그럼 등에 찌른 침은요?"

이번에는 스벤야가 먼저 물었다.

"그건 제가 비켜 드릴 테니까 확인해 보세요. 스벤야만의 비밀일 테니까."

윤도가 자리를 비켜주었다. 혼자 남은 스벤야는 생각에 잠겼다. 대체 무엇을 고쳤다는 걸까? 새벽이면 고민으로 변하던 위통은 감쪽같았다. 그것 외에는 눈에 띄는 애로 사항이 없었다. 아니, 굳이 말하자면 한 가지가 있기는 했다. 하지만 그건······.

'설마?'

스벤야의 시선이 은밀한 부위로 향했다. 그녀는 냉대하가 심했다. 그러나 그게 침으로 될 리 없었다. 스벤야는 고개를 갸웃거리며 스커트를 들었다. 그리고 그곳을 확인했다.

'맙소사.'

스벤야는 그 자리에 얼어붙고 말았다. 냉대하가 멈췄다. 질의 느낌이 그랬다. 늘 찜찜하던 느낌이 사라진 것이다. 늘 쿰쿰한 냄새의 원천이 막힌 것이다.

매직!

그것 말고는 설명할 길이 없었다. 침 몇 방으로 스벤야의 오랜 고질병을 날려 버린 채윤도. 그녀의 시선이 은밀한 허벅지 사이에서 떨어질 줄 몰랐다.

'매직… 매직……'

그녀의 입속말은 계속 진행형이었다.

『한의 스페셜리스트』 8권에 계속…

초대형 24시 만화방

신간 100%, 샤워실, 흡연실, 수면실(침대석), 커플석, 세탁기 완비

■ 광명 광명사거리역점 ■

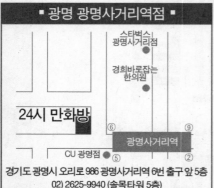

경기도 광명시 오리로 986 광명사거리역 6번 출구 앞 5층
02) 2625-9940 (솔목타워 5층)

■ 강북 노원역점 ■

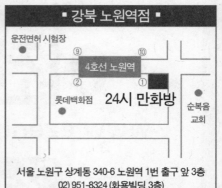

서울 노원구 상계동 340-6 노원역 1번 출구 앞 3층
02) 951-8324 (화용빌딩 3층)

■ 일산 정발산역점 ■

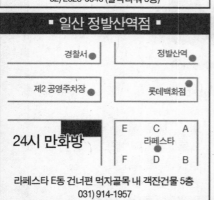

라페스타 E동 건너편 먹자골목 내 객잔건물 5층
031) 914-1957

■ 일산 화정역점 ■

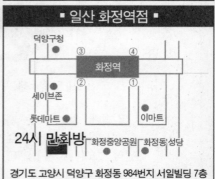

경기도 고양시 덕양구 화정동 984번지 서일빌딩 7층
031) 979-4874 (서일사우나 건물 7층)

■ 부천 역곡역점 ■

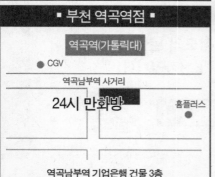

역곡남부역 기업은행 건물 3층
032) 665-5525

■ 부평역점 ■

(구) 진선미 예식장 뒤 한신포차 건물 10층
032) 522-2871

FUSION FANTASTIC STORY

박골 장편소설

내 손끝의 탑스타